THE DETECTIVE DIARY
查理日记
福音镇的恶魔面具
Demon Mask of the Gospel Town
西西弗斯
SISY PHUS
作品
江苏凤凰文艺出版社
江苏凤凰少年儿童出版社

查理日记——人物设定 2
DEMON MASK OF THE GOSPEL TOWN
李维
特殊智能：被誉为“移动图书馆”，超擅长搜集信息，知识面超广博！
东方家族的优秀传人，被家族作为重点培养对象派往欧洲求学。由于国家政治局势动荡，在失去家族经济后盾的情况下努力生存，不改求学初衷。患有“深度信息匮乏恐惧症”，一旦发现无法合理解释的现象，就会陷入夸张的恐慌之中。在强大的内在驱动力下，博览群书，掌握许多闻所未闻的冷僻知识。
肯特尔 [在第三册故事中登场]
特殊智能：超强视力、超强听力、超强嗅觉、超强体能。
肯瓦岛的部落酋长之子，从小在丛林里生活，练就异于常人的发达感官，特别喜欢大自然和动物。一旦认定的事情便难以动摇，是小团队里的“武力输出分子”。
比起大脑更信赖直觉！思维单纯冲动，常常惹出事端，但在粗犷的外表下，掩藏着一颗拳拳赤子之心。
DEMON MASK OF THE GOSPEL TOWN
DEMON MASK OF THE GOSPEL TOWN

艾谱莉
特殊智能：过目不忘的本领，拥有“瞬间速写女王”之美誉。
来自美洲的混血印第安后裔，活泼乐观，性格直爽，在推崇淑女仪态的时代，她凭借堪与男孩媲美的坚强个性，成为当仁不让的头号热血女汉子！由于出身清贫，利用课余时间努力打工。小财迷，对钱财很执着。
查理·瓦伦贝尔
特殊智能：超强推理能力。
海湾王国没落皇族的唯一后裔。超级喜爱推理谜题，优雅沉静，心地善良。由于拥有庞大家产和特殊身份而生活得很孤独。当所有人以为他未来会成为一名钢琴家时，他却暗暗下定决心朝着名侦探之路前进。之所以有此志向，皆是源自8岁时身陷一起绑架案，并遇到那个神秘的名侦探W……
巴特管家
管家界的极品典范！
古板且完美主义，每件家务事都要求极致完美，不喜欢革新后的新时代，时常唏嘘怀念过去的时光。自从瓦伦贝尔夫妇去世后，义不容辞地肩负起抚养查理的重任，视他如己出，事事以少爷为先，有求必应。
DEMON MASK OF THE GOSPEL TOWN

目录

福音镇的恶魔面具

Demon Mask of the Gospel Town

新世界推理冒险奇谈

ADVENTURE & REASONING STORY

查理日记

THE DETECTIVE DIARY

福音镇的恶魔面具

Demon Mask of the Gospel Town

——西西弗斯

江苏凤凰文艺出版社
JIANGSU PHOENIX LITERATURE AND ART PUBLISHING, LTD
江苏凤凰少年儿童出版社

楔子　W侦探手记节选

22/7/1945　　　　星期日　　　　小雨

昨天，我再次登门拜访了爱洛城堡。

这座价值连城的古堡，本是当地著名的富豪沃森先生送给新婚妻子爱洛夫人的礼物，并以她的名字命名，象征着他们之间永不磨灭的爱情。沃森先生还为此立下重誓，承诺永不将爱洛城堡出售，沃森家的后人们也一代代地守护着这份至死不渝的爱情，违者将受到天谴。

但几年前的一场大火，让沃森先生一家人都葬身火海。沃森先

生的远房表弟皮特毫无争议地成为第一顺位继承人。短短几年，不学无术的皮特就花完了沃森先生的巨额遗产，甚至在最近做了个惊人的决定——将爱洛城堡挂牌出售。

准备接手爱洛城堡的斯蒂芬先生是当地的地产大亨，他刚与皮特签订了买卖契约，皮特就被发现暴毙在城堡中。虽然当地出动了大量警力多方调查此事，却始终毫无头绪。于是，传说开始散布——皮特先生因违背了哥哥的家训，才被沃森先生的鬼魂杀死了。

斯蒂芬先生当然不愿意接受这种传说，便秘密委托我前往爱洛城堡调查事情的真相。我带着斯蒂芬先生交给我的城堡平面图，在古堡的每一个房间搜寻线索。功夫不负有心人，我终于找到了一个隐秘的地下室入口！这个在爱洛城堡平面图上不存在的“房间”，正隐藏着古堡所有的秘密。

原来火灾当天，城堡的女主人爱洛夫人，因为正在花园里修剪玫瑰而逃过一劫。当她发现火势蔓延时，第一反应是冲进城堡寻找自己的丈夫，但火势越来越大，爱洛夫人受了重伤，情急之下，她只好躲进丈夫为她建造的秘密地下室，侥幸活了下来。

虽然没有性命之忧，但爱洛夫人却严重毁容。偷藏在城堡中的她，偶然间听到了皮特先生和心腹的对话，她才得知原来皮特一直觊觎自己丈夫的家产，于是精心谋划了那场火灾！失去一切的爱洛夫人，独自承受着残酷的真相，潜伏在“不存在”的地下室中，默默地守护着爱洛城堡。可是，当她得知皮特决定出售古堡后，终于无法遏制内心的愤怒，设计杀死了皮特。

事件终于水落石出，虽然爱洛夫人对城堡的守护令人动容，但她最终还是受到了法律的制裁。在接受审判的那天，重见天日的爱洛夫人表现得非常从容，只是自愧对不起沃森先生，因为她无法再

为丈夫守护他们爱情的唯一见证。

案件结束后，我再次造访爱洛城堡，见到了斯蒂芬先生。我问他接下来会如何处理爱洛城堡，没想到他只是睿智地对我一笑："爱洛城堡的价值已经不在于它本身，而在于它背后有关守护的故事。我会将古堡修缮成原来的样子，并打造成一个爱情守护博物馆，供全世界的人们参观。难道你不觉得这样会更具商业价值吗？"

我惊讶于斯蒂芬先生的精明，但随即陷入了深思。守护本是一个神圣纯洁的词语，然而，不同的人却有不同的诠释方式。爱洛夫人对古堡和丈夫遗愿的守护，让她走上犯罪的道路，而同样守护爱洛城堡的斯蒂芬先生却能巧妙地将它变成赚钱的契机……也许，我们每个人终其一生都在守护自己想要守护的东西，却很少思考"守护"的真正含义。

而在我的心底，也有一个关于爱和守护的秘密……

第一章

DEMON MASK OF THE GOSPEL TOWN

书房里的秘密

CHAPTER ONE

回到罗伦市后，对黄金宝盒念念不忘的查理跟艾谱莉商量：一定要再去杰森府邸一趟！虽然明知道警方必然会对他的府邸进行彻底的搜查，但两人仍旧决定去碰碰运气，说不定可以找到一些被忽略的蛛丝马迹。

查理对巴特管家交代了几句，便和艾谱莉约好时间，两人再次来到长湖镇的杰森府邸。

府邸大门紧锁，隔着冰冷的铁栅栏望去，园中冷冷清清的，偌大的庭院里连个人影都看不到。两人鬼鬼祟祟地围着府邸研究半天也没能找到进去的办法，最后，在艾谱莉的怂恿下，两人决定翻墙进入。

艾谱莉身材娇小，身手敏捷，她像只灵活的小松鼠，三两下就爬了进去。只见她熟稔地拍去手上的灰尘，顺便环顾四周——如在外面看到的一样，房子里空荡荡的，一片死寂，静谧得连呼吸声都听得清楚。

“这里可真够安静的，杰森家的人呢？”

“听胖警官说，宴请我们后的第二天，杰森太太便回美国了，随后杰森遣散了仆人，似乎早已预料到诡计有被拆穿的一天。”查理骑坐在围墙上，一条腿跨进园子，另一条腿挂在外面，累得气喘吁吁。唉，运动向来是他的软肋！

“等抓到杰森，我一定要揪住他的衣领狠狠教训他一顿，

让他尝尝做贼的后果！”艾谱莉边说边扶起从墙上掉下来的查理。

费了九牛二虎之力才翻进园子的查理，只觉得脸颊微微发烫，他拽了拽皱褶的衣摆，佯装若无其事地说道：“一会儿我们千万要谨慎行动，说不定能找到一些杰森的线索。”

两人来到了离他们最近的一个房间，门是虚掩着的，轻轻一推就打开了。

借着窗外的光线，查理仔细打量着房内，忽然他眼睛一亮，用肯定的语气说道：“除了警察以外，杰森曾回来过，而且就在昨天。”

艾谱莉疑惑地望着查理，不明白他为什么这么肯定：“你是怎么知道杰森回来过的？”

查理微微一笑，伸手指向大厅：“线索，就在这个客厅里。”

艾谱莉望向客厅，客厅里有如下的物品——

哪个物品暗藏线索：

Question 01 谜题一

一张铺着红色桌布的乳白色餐桌。

一份被折叠成一半大小的新闻报纸。

一个盛放着半杯牛奶的杯子，半块涂了奶酪的面包，经过了一段时间的风干已经有些硬邦邦了。

一个插着一束干花的花瓶。

桌上停止走动的座钟，时针和分针停在2:15。

艾谱莉的疑问：查理是从哪个物品判断杰森回来过的？

“我猜……应该是停止走动的座钟吧。”艾谱莉歪着脑袋想了半晌，有些不敢确定地说道，“因为座钟是最能直接指示时间的物品了，但是……难道杰森在离开之前还有时间故意调停座钟吗？这也太不符合常理了吧。”

看着艾谱莉犹豫的样子，查理微笑道：“小莉，其实很多线索都是隐藏在日常生活之中的。有时候我们总是会注意到那些不同寻常的东西，却忘记了最基本也是最普通的一些东西，事实上，解开谜题的突破口往往隐藏在不起眼的地方。你不觉得，客厅里有一样东西是每天都会出现、形式也一样，但内容是每天都不同的吗？”

“你的意思是……”艾谱莉又一次巡视着客厅里的每一件物品，“真正的答案应该在我们常常能见到的东西里面。”

艾谱莉喃喃自语，突然眼前一亮，她终于知道了答案……

“没错！”这一次，查理终于赞许地点了点头。

“关键时刻，你的推理能力还真管用！”艾谱莉大力拍了拍查理的肩膀夸赞道，“那我们不要浪费时间了，赶紧开始找线索吧！”

说完，两个小伙伴便分头行动，艾谱莉在客厅里翻箱倒柜，连沙发底下都不放过，而查理则沉思片刻，信步走向杰森的书房。

杰森虽然是个落魄贵族，但还保留着贵族的生活作风。他的书房虽然不大，却井井有条，宽敞的书桌上摆放着羽毛笔与一叠信笺，看起来很有传统贵族的气息。全真皮纹路的阅读椅显示出它的主人也是个有品位的人。不过最显眼的是

一整排靠墙而立的书架，上面摆放着整齐的书籍。

查理打开书桌的每一格抽屉，仔细地查看着里面的文件和物品，抽屉底下也不放过，可惜并没有发现任何暗格，为了保险起见，他甚至连桌上的信笺都翻阅了一遍，还是一无所获。

这时艾谱莉也来到了书房，眨巴着眼睛，气呼呼地说道："查理，有收获吗？客厅和卧室我可都翻了个底朝天，什么都没有！看来这杰森挺狡猾的！"

"嗯……"查理应了一声，并没有挪动位置。

从检查完书桌后，他便紧锁眉头站在书房中央，并不急着找其他线索，而是静静地思考着。

不知为什么，也许是出于一种直觉，他隐约有种预感，如果杰森还留下什么线索的话，一定会留在这间房间里，如果他找不到，那黄金宝盒和它所携带的秘密，就永远不见天日了。

想到这里，他的眼中多了一丝"必须要找到"的坚毅，他再次专注地扫视了一遍书房，最后，他的目光停留在那一整面书墙上。

这面书墙非常之大，上面的书少说也有几百本，而且以异常整齐的形式一本本排列着。

"真看不出来，那么贪财的杰森竟然有这么丰富的藏书。查理，这难道是你们家的传统吗？"艾谱莉似乎也察觉到这些书的与众不同，嘟囔着朝书架走过去，伸手想要取出

几本来翻看一下，“依我看，我们就应该把这些书全倒在地板上，然后一本本地翻一遍，就不信找不到什么有用的东西！说不定不但能找到线索，还能找到杰森年轻时追求女孩的情书呢。”

“你说对了一半。”查理的目光在整墙的书籍上扫了一遍又一遍，突然，他微微地眯起了眼睛，“如果说线索是一道谜题，那么解开它的谜底就在这些书里。我想，这次我应该找到了真正的线索。”

说完，查理向艾谱莉露出了一个自信的微笑，“艾谱莉，能麻烦你去书架上取第二排的第三本书吗？”

“咦？好吧，接着！”说完，艾谱莉很快就将那本书抛给了查理。那是一本非常厚的红色封皮书，书名叫作《希腊神话故事之处女座》。艾谱莉咂舌道：“这书也太厚了吧！不过你说谜底就在这本书里，难道因为杰森是处女座的？”

查理微笑着示意艾谱莉打开这本书。翻开后，艾谱莉便大吃一惊道：“我的天！这不是一本书，而是一本被伪装了的笔记本！”

“没错。不过，我想这本《希腊神话故事之处女座》准确地说应该是一本日记，是杰森的私人生活日记。”查理一页页地翻着，接着用和年纪不符的沉稳声音说道，“你看这段，‘听说我侄子明年就要 13 岁了，那时候，他就会继承他父亲的巨额财产，而我却依然是个穷光蛋……不，我不愿意过这样的生活……我得去为自己的未来赌一把。’这不正是杰森来我家

之前的事情吗？看来，他虽然落魄了，却还保留着许多贵族的生活习惯，包括写日记。”

“那快看看他昨天有没有写日记！”艾谱莉这时已经迫不及待地催促道，“如果他昨天写了日记，我们就知道他昨天在干什么，我们就有机会知道他的行踪了！”

艾谱莉边说边飞快地翻着日记，很快她就翻到了昨天那一页，不过这页并没有留下什么文字，只有一张花花绿绿的票据。

“这是……”

“火车票的票根。”艾谱莉还在猜测着，查理已经朗声说出了票据来源。

火车是海湾王国人民出行的常用交通工具，为了方便大家收藏纪念，火车站把车票做成联票的样子，进站时把车票的副券撕下来安检就可以了，而票根则能保留下来作为留念或凭据。

“看来杰森的确是昨天回来过，你看这张票根显示他昨天回来过，可是，杰森现在去哪里了呢？”查理边说边翻起了这张票根，这时被票根盖住的地方赫然写着三个大字……

“福——音——镇。”艾谱莉和查理异口同声地念出下一站的名字。

“福音镇离这里并不远，坐火车的话两个小时就能到。”查理掏出怀表看了看时间，估算道，“出发的列车间隔十五分钟左右，算上现在赶去火车站的时间，不出意外，半个小时

之后我们就能踏上去福音镇的火车。”

“嗯！那我们现在就出发吧！”艾谱莉用力地点了点头，猛地合上了杰森的日记本，露出期待又兴奋的表情。

仿佛被艾谱莉的自信乐观感染了一般，查理觉得自己的内心充满了动力。虽然巴特管家的照顾无微不至，可这份来自同龄小伙伴的真挚友情，却让他感受到了不一样的温暖。

“谢谢你，艾谱莉。”查理鼻头微微耸动，很快便恢复自然的语气说道。

“谢什么，眼下最重要的是——我们该出发去福音镇了！”艾谱莉淡淡一笑，信心满满道。

“好！出发！”

Answer 01: 解谜一

A1 解答 ANSWER

第二章

DEMON MASK OF THE GOSPEL TOWN

贩卖糖果的少年

CHAPTER TWO

轰隆隆——

海湾火车正沿着铁轨晃悠悠地向前行进着。

靠窗而坐的查理手托着下巴，眼睛一眨不眨地眺望着窗外飞快掠过的风景，清澄的眼眸深处荡漾着别人难以察觉的涟漪。

当他得到黄金宝盒的时候，他是多么的欣喜若狂。因为这是他不曾了解的父亲留下的东西。他多么希望黄金宝盒打开之后，里面藏着父母写给他的一封信，或者是一个信物，哪怕只是只言片语，查理也会感到由衷的高兴。至少能让他

在缺乏亲情温暖的童年生活里，多一丝甜蜜的回忆，让他多一点儿信心，去面对明天更多的未知。

可是，黄金宝盒还没有在手心中焐热，就被弄丢了……他曾偷偷责怪过自己，然而他每多一次自责，就多一分要解开一切谜团的勇气。

就在他沉浸在忧伤的思绪之际，一个充满困惑的声音传来，打断了查理的沉思。

“查理，有件事情我一直想不通……”

“什么事？”查理收回目光，转头静静地看向艾谱莉。

“在杰森的书房有上百本书，怎么你一眼就看出那一本是有问题的？”艾谱莉托着下巴，郁闷地盯着查理，眉眼之间透出百思不得其解的苦恼。

“这个嘛……”查理故意停顿了一会儿，“你先试着猜一下。”

“别卖关子了！我都想了一整天，想得脑袋都抽筋了，实在没头绪！”艾谱莉沮丧地举起双手，宣告投降。

查理忍住嘴角的笑意，略微想了一下，轻声把自己的推理过程毫无保留地告诉了她。

“哇哦，原来如此……连这么细微的线索都被你注意到，真不愧是立志成为侦探的人！”艾谱莉恍然大悟地感叹道，

希腊神话故事之处女座： Question 02 **谜题二**

查理为什么会让艾谱莉在书架中，单单取出《希腊神话故事之处女座》这本书？

对他竖起了大拇指。

“呵呵，这不过是一些日常推理罢了，并不算什么。”查理谦虚地摆摆手，羞赧地淡淡一笑。

艾谱莉张开嘴，正准备再表扬他几句，突然，一阵吆喝声打断两人的对话。

“卖糖果咯！卖糖果咯！纯手工制作的彩虹糖果，在这枯燥的旅途中，甜蜜的味道会让你忘记一切烦恼。”

那是个充满活力的声音，两人循声望去，一张罕见的亚洲面孔跳进他们的视线。

漆黑的短发，漆黑的瞳仁，黄色的皮肤，窄而瘦弱的肩膀，是个看起来和查理年纪相仿的少年。他脖子上围着围巾，下身穿着一件不太合身的蓝色背带裤，过长的裤脚卷了又卷，还用了几颗别针固定，一双灰旧破烂的大头皮鞋显示出他常年奔波的生活状态。一个又厚又大的黑色书包敞开着，露出了五颜六色的糖果，他的手中还握着一个铁皮罐子，里面盛着为数不多的几个硬币。

原来是个贩卖糖果的少年。

查理看到这个与自己年纪相仿的少年，想起巴特管家给自己讲述过的很多贫寒少年的故事，再回想自己的生活环境，不禁泛起一丝同情，开口问道：“你的糖果怎么卖？”

“不同的糖果价格不同，你指的是哪一种？”少年皱了皱眉，有些不情愿地反问道。

查理从少年的书包口随便拿起了一罐彩虹糖：“哦，就这

种，多少钱一罐？”

“这个十块。”那少年想都不想地回答道。

“我在罗伦市的糖果店里买过这样的彩虹糖，只要两块钱而已！再说了，你这些彩虹糖的颜色还有点暗，看起来好像也不是很好吃的样子,凭什么卖那么贵啊？”一直坐在查理旁边，没有作声的艾谱莉冷不丁地冒出一句。

“呵呵……这位小姐，我想你并没有认真听我刚才说的话。”少年斜睨了艾谱莉一眼，不卑不亢地说道，“这彩虹糖果并不是用机器大批量生产的，而是我自己亲手制作的。至于颜色偏暗，是因为我这糖果用的都是纯天然的食物色，比如这颗糖果是墨绿色的，它的原料就是中国茶叶，而这颗红色糖果，我用了大量的胡萝卜作为原材料。”

少年举着自己的糖果，滔滔不绝起来。艾谱莉忍不住对着少年翻了好几个白眼，但是查理觉得少年挺有意思的。

“我相信你说的话。”查理对少年点了点头，“让我尝尝这糖果是不是真像你所说的那样好吃。请卖给我一罐吧。”

听查理这么说，少年的眼眸亮了几分，一直紧抿的嘴唇也似乎松动了些。只见他利索地收下查理的硬币，又很迅速地将糖果放在查理手中，低声说了一句：“希望彩虹糖能为你们带来快乐。”卖完后他又低着头，朝车厢的另一头走去了。

“卖糖果咯！卖糖果咯！”少年的叫喊声渐行渐远。

查理拧开糖果罐，对艾谱莉眨了眨眼道：“来来来，美丽的艾谱莉小姐，请给我一个面子，尝尝这得来不易的糖果吧。”

“哎，我真不明白，什么时候查理也变成爱吃糖果的小男孩了？”艾谱莉对着查理做了个鬼脸，顺手接过一颗彩虹糖扔到嘴里，低声嘟囔着。

“你是不是因为那个糖果少年抢白了你一顿，所以下意识不太喜欢他？”查理似乎看穿了艾谱莉的小心思。

“本来就是啊，明明只要两块钱的糖果，被他天花乱坠地乱说一通，就翻了好几倍价格呢！”艾谱莉愤愤不平道。

“他看起来和我们差不多大，应该是个勤工俭学的学生，就当是帮他一个小忙吧！”查理淡然地笑了笑，拿起一粒糖果放进嘴里，果然很美味。

随着贩卖糖果少年的离去，车厢又渐渐恢复平静。

在火车上的旅途总是那么枯燥乏味，不一会儿，活泼好动的艾谱莉就有些坐不住了，她四处张望了一会儿，突然灵光一闪，想到了一个好主意。

“查理！”艾谱莉故意显得十分为难的样子，“你看这罐昂贵的糖果竟然只有这么十几颗，你我单独吃的话不公平，可是平分的话也没有太大意思，不如我们来玩个游戏，谁赢了就能吃一颗糖果。”

“好啊，你有什么好主意？”查理早看出艾谱莉坐不住了。

“那我们就玩‘猜猜他是谁’的游戏吧！游戏规则是我们分别给对方指定一位火车上的乘客，然后由对方进行观察和推理，猜测他的身份。然后再上前与他交谈确定是否正确！”

“上次我们在公园里也玩过这个游戏，你可是输得一塌糊涂。”查理的眼眸里闪过一丝自信的笑容，“放马过来吧！想要考倒我并没那么容易。”

“先赢了再说吧！那我先指定人！就从对面坐着的一对年轻人开始猜吧！”见查理接招，艾谱莉兴奋地压低声音。

查理只是稍稍瞄了那对年轻人一眼，就胜券在握道：“这太简单了！我推测他们是海湾大学的学生。男生叫作布雷迪，女生的名字是安妮。他们两个人应该是刚毕业的大学生，如果没猜错的话，他们是一对恋人！”

查理说完，自信地看着艾谱莉。艾谱莉却噘了噘嘴：“我说，你这个推论一点儿根据都没有。我也可以说他们俩是一对兄妹啊！说出你的推理，不然就算你输了。”

“你仔细看，就会发现他们穿的是海湾大学的校服，而且胸前还别着铭牌。留心观察就能看到他们的名字了。而且，你有没有发现，这两个人的行李非常多。一共有五个箱子，还有手提袋、书包，如果只是普通假期回家没有必要带那么多东西的，所以我推测他们肯定是毕业生。至于为什么猜他们是恋人，如果你认真看的话，会发现安妮脖子上挂的戒指项链和布雷迪无名指上的戒指是同一款。在浪漫的欧洲，看到这样美好的画面真是太温暖了。”

查理像个侦探一般，条理清晰地叙述着自己的推断，俨然一副大人的模样，说完他微笑地看着不服气的艾谱莉。

“好了，现在轮到我了。”查理乐滋滋地吃了一颗彩虹糖，目光在车厢里转来转去，最后落在一位老婆婆身上，“那么小莉，你来破解一下这位婆婆的身份吧！”

这位婆婆头发花白松软，脸上的皱纹很明显地告诉了大家她年纪很大。她戴着一副金丝边的老花镜，一直低头研究一张地图。她微笑的表情似乎在告诉大家她的心情很不错。

“这很简单！”艾谱莉观察了一会儿自信地说道，“这位婆婆一定是海湾大学的老教师，可能是教地理的。因为她非常喜爱看地图。现在就是她从学校回家的路上。”

“艾谱莉，再给你一次机会吧。”查理观察了一会儿，摇了摇头道，“或许你可以去和婆婆聊天刺探下情报。不过，如果你再猜不对，我就要说出正确的答案了。”

“我说得不对吗？”艾谱莉有些吃惊道。她歪着脑袋想了

想，还是老老实实地抱着糖果走了过去，不一会儿她就和婆婆变得熟络了。

“我知道了！婆婆是去探望小孙子的！”得到一手情报的艾谱莉很快便得意地回到座位宣布自己的成果。

“哈哈，这就对了！”查理赞许地点了点头。

艾谱莉一脸困惑地盯着查理问道：“你是怎么知道的？”

查理微笑道：“在你没有注意婆婆之前，婆婆一直在那儿织着毛衣，她织出来的衣服大小和颜色，显然是适合一个刚出生没多久的男婴的。婆婆还一直在看地图，可见她是多么想念她的小孙子呀！”

“原来是这样……”艾谱莉不由得对查理又一次竖起了大拇指，“好吧，这次就算我输了！这颗糖是你的了！我们继续下一个测试对象吧……”

两个人就这样在火车上玩着推理的游戏，不亦乐乎。不一会儿，就把整个车厢里的人是干什么的、想要去哪里都了解得清清楚楚了。

A2 解答 ANSWER

Answer 02 解谜二

第三章
DEMON MASK OF THE GOSPEL TOWN
列车上的盗窃案
CHAPTER THREE

“干什么！别推我！”

“臭小子！你父母没有教过你不要偷别人的东西吗！”

“我没偷她的东西！放开我！”

就在查理和艾谱莉沉浸在自己的推理小世界中时，不远处传来一阵喧哗。他们不约而同地抬起头朝声音的来源望去，只见一个打扮俗气的贵妇人正骂骂咧咧，她身穿上等金丝线精心纺成的华丽服饰，脖子上还挂着三条不同材质的项链，一条是闪耀动人光芒的钻石项链，一条是颗粒硕大的珍珠项链，还有一条翡翠项链，看起来十分浮夸。她的身后则是两

个凶神恶煞的列车员，正扭着一个小身影向前走着。

“我认得那根翡翠项链，前几天在橱窗里看过，标价要十几万呢！都可以在我家附近买一栋房子了！这些有钱人可真是挥霍！”艾谱莉的目光瞬间被金光闪闪的贵妇人吸引住了。

“哎哟，我的红宝石戒指！”贵妇人突然哀嚎了起来，她举起自己白白胖胖的右手，上面光秃秃的，“那可是我丈夫送给我的结婚礼物啊！你知道要多少钱吗？说出来吓死你！卖掉你全家的房子都买不起的！”

原来火车上突然这么喧闹是因为这位贵妇人在火车上丢了戒指。

艾谱莉不屑地又扫了一眼贵妇人，很快她的目光停在了两名列车员拽住的身影上：“咦？那不是刚才那个卖糖果的小子吗？”

这时，少年的乌黑短发早被揉成了乱麻，手臂像麻花一样被用力地拧在背后。他胸口的大书包不知何时已被撕开了一个不规则的口子，里面那些漂亮的手工糖果已经撒了不少，被贵妇人和列车员踩得乱七八糟。

“给我老实点！”一个列车员用力地拍了一下少年的脑袋，示意少年低下头来，但是少年却忍着痛努力地昂着头。

“不是我偷的！”他倔强道。

“不是你是谁？我可是亲眼看到的！一上车就觉得你鬼鬼祟祟的，臭小子，一看就是个穷光蛋，这辈子都没见过这么多珠宝吧！”不等列车员发声，贵妇人又大声嚷嚷起来。她

那张化了浓妆的面孔因过度生气而有些变形，眼睛就好像要瞪出来似的。

“我再说一次，不是我偷的。”少年的脸色越来越难看，却依然艰难地保持着笔直的姿势。但是他毕竟太瘦弱了，根本经不住两个身高马大的列车员用力推搡，于是显得格外狼狈。

就在这时，他的目光和查理的碰到了一起。

似乎是一瞬间，查理觉得少年的眼睛里闪过他无法读懂的哀伤。他眼色一暗，像是受了惊的小兔子一般，身体微微地颤抖了一下，接着紧抿嘴唇，一言不发地低下了头。

“约翰夫人！约翰夫人！您放心！我们海湾王国的列车是最

安全的列车，我已经安排所有的列车员封锁车厢了！只要偷您珠宝的贼还在车上，我就一定帮您把他抓出来！”这时，一位穿着笔挺制服，嘴里叼着一个大烟斗的中年男士走了过来，点头哈腰地对贵妇人一阵献殷勤。

“列车长，不用一个个搜了！我已经找到那个贼了！”贵妇人却斜眼看着少年提高了音量，还刻意把“贼”这个字念得特别重，“依我看，我那价值连城的红宝石戒指，一定被这个穷小子偷了！看他那贼兮兮的脸，一定从小就做惯了这种偷鸡摸狗的事！”

“我没有偷东西！”少年猛然抬起头，涨红了脸，大声为自己辩护。

“看，这臭小子的态度多么恶劣，肯定是做贼心虚。来人啊，搜身！”听贵妇人一说，列车长便不分青红皂白地下了命令。

“不许碰我！”听见搜身两个字，少年的眼睛猛地瞪圆了！他用尽全身的力气挣开了两个列车员的铁臂，用力抱住已经被扯烂的书包，像只困兽一样怒吼。

似乎是被少年的气势吓到，几个成年人也情不自禁地后退了两步。但是贵妇人很快反应了过来：“口说无凭！如果我们搜你身没有发现戒指，就能证明你不是贼！”

少年没有吭声，一张小脸依然涨得通红，他的目光中渐渐出现了恐惧，难道，他们真的要强行搜身吗？艾谱莉再也看不下去了，紧张地拉了拉查理的衣角。

就在这千钧一发的时刻，查理几步走到了贵妇人和少年

之间，彬彬有礼地对贵妇人行了一个见面礼:“对不起，这位夫人，我知道您丢失了珠宝心情一定很不好。但是根据法律规定，随便对别人搜身是违法的。”

查理又转向少年:“这位少年——你好，你叫什么名字?”

“李维。”少年一愣，虽然不太明白发生了什么，却很清楚地感觉到查理是在帮自己。

“嗯，如果李维不同意，您贸然搜他身，那下车后，李维是可以随时将您告上法庭，以侵犯隐私权的罪名让您上新闻的。您这样显赫的贵族身份，闹成那样似乎不太好吧。”查理摆出受教多年的绅士姿态，一字一句地说道。

“哼，你又是哪里冒出来的小毛孩?竟然教训起我来了!”

贵妇人一脸愠怒，不理会查理，而是转身向列车长下命令道，“你还不赶紧搜身！我的红宝石戒指价值连城，丢了小心你的工作不保！”

列车长虽然满脸谄媚，却不算笨。身经百战的他也明白那个叫李维的少年未必有那么大的本事把自己告上法庭，但是眼前这个金色短发的小男孩，穿着上好呢料的小西装，胸口还别着看起来一点儿也不廉价的胸章，从头到脚都透露出只有贵族才有的气息。也许他是什么显赫家族的少爷，还是不要得罪比较好……

列车长左右思忖了一会儿，便打起了哈哈。

“约翰夫人，我想这位小少爷说得也有道理。但是我们现在当务之急是尽快找到您那珍贵的珠宝，所以——”他拖长了尾音又转向查理，狡猾地把话锋一转，“这位小少爷，您口口声声说不能搜他身，那您是相信他没有偷东西啰！不过，您有什么办法可以证明呢？如果您也只是随便说说，那事情就不好办了！”

“你……！”感受到列车长话语中的不怀好意，艾谱莉气得一句话也说不出来，捏紧了拳头恨不得冲上去打他一拳！

查理连忙用眼神制止了艾谱莉，清了清嗓子像个小大人一样沉着地说道：“如果列车长和这位夫人愿意给我一些时间的话，我倒是可以试着来证明一下戒指不是李维拿的。”

“这个……”列车长万万没有想到查理会这样说，顿时有些语塞，一时之间，车厢里陷入了宁静，几个成年人你看看我，

我看看你，表情都情不自禁地有些尴尬。而李维更是不可思议地瞪大了眼睛，一直紧紧捏成拳头的双手也似乎微微放松了一些。

“行！约翰夫人，不如我们就让这位小少爷试一试吧！”列车长叼着烟斗，从怀中掏出了怀表瞄了瞄，“距离到下一站福音镇还有半个小时。如果到下一站还没有证据能证明李维是清白的话，我一定会亲自把他押送到警察局的！”

刚才还气势汹汹的约翰夫人虽然不太情愿，但却也想不出什么更好的话来对应，只得勉为其难地闷哼了两声，气鼓鼓地找了个靠窗的座位一屁股坐了下来。

第四章
DEMON MASK OF THE GOSPEL TOWN

糖果少年的回忆
CHAPTER FOUR

“查理，你打算怎么办？”这一边，艾谱莉急匆匆地把查理拉到角落，有些埋怨地数落起查理来，“你为什么帮他，你就那么相信他吗？”

“其实……我也有点不确定。”

毕竟只是十二岁的小孩子，查理此刻的表情也格外凝重，他凑近艾谱莉压低了声音：“虽然我知道他一定是个有苦衷的人，但是真的要帮他洗清罪名，我并没有把握。”

“我的天！”艾谱莉大大地叹了一口气，“查理，要是你拿不出证据的话……我估计那个约翰夫人一定会吃了你的！而

且，你可别忘了，我们并不是出来玩的，我们还要寻找黄金宝盒的下落呢！”

听见黄金宝盒四个字，查理的表情变了一下，可是随即他又冷静了下来，抬起头坚定地说：“我不怕。虽然我不知道李维的来头，但是我相信自己的判断。”

“你自己的判断？”

“是的。李维看起来和我们差不多大，他卖糖果不是和其他商贩一样提着篮子或者推车，而是把商品都放在书包里。所以，我推测他应该是个勤工俭学的学生。而且他也没有贩卖纪念品或者是批发商品，而是卖自己手工制作的糖果，估计还是个非常有自尊的人。之所以卖十块钱，也是希望别人能够认可他的劳动。我想，这么一个自食其力的人是不会做出偷窃这种事情的。这就是我的判断，接下来我要做的，就是证明我的判断不会错！”

查理的眼中燃起了熊熊斗志，艾谱莉若有所思地望着他，一瞬间似乎也理解了什么。

哐当——哐当——哐当——

火车仿佛完全不知道车厢里发生了什么，依然不知疲倦地向前行进着。

“约翰夫人，我想问问，您是什么时候发现自己的红宝石戒指不见的？”

“自从我上了火车，我就一直在摸我的红宝石戒指，因

为这个戒指是我丈夫送给我的礼物，价值连城！而且我听说，红宝石是有灵性的，只要你不断地和它接触，它就会越来越懂你！可是后来，这个小偷从我身边经过……当时他向我兜售糖果，我就叫他走过来，然后用我戴着红宝石戒指的手，去拿了一罐他的糖果！我是一个非常爱吃糖果的人，可是我只吃高级糖果，所以当他靠近我时，我发现他的糖果只是一些自己做的脏兮兮的彩虹糖之后，就生气地拒绝了他，并且叫他滚得远远的，别让我再看到他！后来，我就发现我的手指竟然空了！我的戒指啊！一定是被这个穷鬼在不知不觉中偷走了！也许，就在他那个肮脏的书包里！”

“我没有偷你的戒指！”听见贵妇人连珠炮般的控诉，李

维的表情难看极了。

“谢谢您，约翰夫人。您说得很详细，这对我们尽快还原事情的真相非常有帮助。但是如果您在事情还没有水落石出之前，能再稍稍注意一下言辞，特别是在形容李维时，能不用那些带有侮辱性的词语，会更加显得您是个身份不凡的贵妇人呢。”

查理一边在笔记本上写写画画，一边不卑不亢地“教训”了约翰夫人一顿。也许是他说话的样子看上去非常威严，约翰夫人的脸居然青一阵红一阵的，喉咙里嘟囔了好几声最后又咽了回去。

了解了约翰夫人的情况，查理走到李维面前。两个魁梧的列车员依然像对待犯人一样死命地按着李维，本来就很瘦弱的他，身上很快就出现了几道痕迹。

“你们先放开他，我想问他一些问题。”

在查理的示意下，李维终于暂时重获了自由。他舒展了一下身体，目光直直地望着查理，郑重其事地说了两个字:“谢谢。”

“李维，眼下能帮你的人就只有你自己了。所以，如果不介意的话，我想问你一些刚才发生的事情，希望你把每个细节都说得非常清楚。”

“嗯。”李维用力地点了点头。不知道为什么，从这一刻开始，他打心底里愿意相信这个看上去和自己年纪相仿的少年。

“刚才约翰夫人说你曾经向她兜售过糖果。你还记得是什么时候吗？”

“是的……就在我进入约翰夫人所在的车厢时，我的第一个兜售对象就是她。因为她看起来很喜欢甜食。但是她完全对我的糖果没有兴趣，还骂骂咧咧地让我走开。”

经过十多分钟的交流，查理已经基本弄清了事情的前因后果。

原来李维并不是一个糖果商贩，而是像他推理的那样，是一个刚上初中的学生，而且和查理、艾谱莉还是校友。他想趁着放假的机会勤工俭学锻炼自己，于是买了张站票混上车兜售糖果。从上火车开始，李维就小心翼翼地躲避着列车巡逻员，如果被列车员发现的话，一定会没收他所有的糖果并把他赶下车的。

在李维被约翰夫人当作小偷，并通知列车员控制住他之前，他总共走过了 3 个车厢，并且成功地卖掉了 12 罐糖果。在他打算向第四个车厢走去时，约翰夫人像老鹰抓小鸡一样冲过来把他按在了地上。

查理拿着笔，在笔记本上迅速写了起来，把每一句他觉得重要的话都着重画了几遍。最后他的笔触落在“3 个车厢，12 罐糖果”上面。

“居然卖掉了那么多! 这辆列车共有 10 个车厢，如果都走一遍还真的挺能赚的! ”艾谱莉的脑子在遇到和钱有关的问题时，总会特别地灵光。

查理好笑地拍了下艾谱莉的肩膀，又望着李维继续询问起来:“李维，你还记得，买你糖果的人都是什么样子的吗?

可以详细地跟我们说说他们为什么会买你的糖果吗？”

“当然记得。”李维非常自信地回答道，“除了你们两个，还有一位中年男子、一个带着小孩的年轻母亲。”

“做生意就应该把每一位客户都牢牢记住，这样才能生意兴隆！”艾谱莉依然还沉浸在她美好的小商贩美梦中，在一旁打岔道，“看来，你倒是有几分做生意的头脑，到时候我们向你请教怎么做手工糖果，查理，这样我们也可以放假的时候勤工俭学了！”

“艾谱莉，你这个想法很不错。不过，我们还是先帮李维解决他眼下最大的困难吧。”查理被艾谱莉的跳跃性思维搞得有些哭笑不得，转头继续追问李维，“你说说另外两位顾客的情况吧。”

“是这样的……”李维眯起眼，回忆了起来。

原来，离开约翰夫人之后，李维便走向下一节车厢了。当他刚推开门准备叫卖时，列车员正从相反的方向朝他走来。一时间，他进也不是，退也不是，灵机一动，打算躲进车厢头的洗手间里避避风头。但洗手间紧闭的门上显示着正有人使用的红色标志。慌乱中李维赶紧拉起了书包的拉链，并努力转过头装作自己是个正在走廊看风景的学生。就在这时，洗手间的门突然打开了，一个肥胖的大叔腆着肚子从里面走了出来，说时迟那时快，李维赶紧蹿进了洗手间。

之后，当他听见巡逻员的脚步声渐渐走远时，才打开洗手间的门继续向前走去。可是没走几步就被人叫住了，回头

一看竟然是刚才那个中年男子。中年男子像暴发户一样对李维说自己想要“买一些糖果”，然后毫不犹豫地掏钱买了 10 罐。

“10 罐？”

听见这个数字，查理和艾谱莉不约而同地惊呼起来。

“是的，你们没有听错，10 罐糖果。”李维回忆起来也有些激动，“我当时非常高兴，因为我一共就带了 20 罐，当时我想很快就可以踏上返程的列车了。”

“之后呢？”查理一边飞快地记录，一边继续问道。

“中年男子要了 10 罐糖果后，我便更有信心了，继续向前走。过了一会儿，一阵小孩的哭声吸引了我的注意力，原来是一个四五岁的小女孩，因为火车的颠簸枯燥所以闹腾了起来。也许是孩子哭得比较大声，周围的旅客都显得有些不耐烦，我本想快步走过去，但那位年轻的母亲却叫住了我，掏钱买了一罐哄自己的孩子。

“谁知道我刚收下那位年轻妈妈的钱，约翰夫人就冲了过来并一把按住了我，说我是小偷。可是我从来没有看到她所说的红宝石戒指。”

“我觉得那个中年男人有非常大的嫌疑！”听李维细说了

查理的日常推理：谜题三

查理究竟根据哪些细节推断出中年男子是最大嫌疑人的呢？

事情的经过，查理啪的一声合上了笔记本，信心十足道。

“为什么？”艾谱莉和李维大吃一惊，异口同声地问道。

说着，查理便将自己的推理详细地解释一番。

“你说得很有道理。”听完，李维的眼眸亮了起来，“现在仔细想想，在他开口问我要糖果之前，我并没有主动对他推销过，而且我一直都很小心翼翼不让巡逻员发现我，在向约翰夫人推销时，我的声音都刻意压低了，所以，除了约翰夫人旁边的人，应该没有人能听见才对。”

“查理，难道真正的小偷就是那个中年男子吗？”艾谱莉眨了眨眼睛，跃跃欲试道，“那我们是不是应该去找他当面质问一下？”

“现在不是最佳的时间。”查理摇了摇头，继续说道，“在我说出我的推断之前，我想要再去验证一件事情。”

A3 解答 ANSWER

Answer 03
解谜三

第五章
DEMON MASK OF THE GOSPEL TOWN
偷红宝石的另有其人
CHAPTER FIVE

“约翰夫人，我想再问您一个问题。您在火车上是不是只和李维接触过？”

“是啊，”约翰夫人不以为然地说道，“像我这么高贵的人，才不会和一般人打交道呢！再说了，普通人看到我都会自动走开的。所以我连坐火车也都是一个人坐一排座位。”

“真霸道……”艾谱莉嘀咕着。

“您这次也真的是一个人坐的吗？”查理转了转眼珠，步步紧逼地追问道，“您可不能对我撒谎哦，如果您不告诉我细节情况，也许就再也找不到您丈夫送给您的红宝石戒指了呢。

那可是价值连城啊！”

“唔……”约翰夫人的胖脸青一阵红一阵的，犹豫了很久才说道，“今……今天上车的时候，我的位置旁边的确是有一个人的。不过后来我对他大发脾气，就把他给轰走了。”

“那个人什么样子？”查理的眼睛闪现出别样的神采。

“是个看起来很年轻的男人，戴着一顶黑色礼帽，一直低着头，没有和我打过照面。我非常讨厌旁边有不认识的人，所以就很生气地叫他赶紧滚到别的地方去。他就对我点点头，然后就走了。”贵妇人一脸嫌弃的样子。

“年轻的男子？”查理愣了愣，记录的手停顿了一下。

“是啊，看起来很年轻，因为看不到他的正脸，只是看见他的下巴很光滑，胡茬刮得很干净。”

戴着帽子的年轻男子。

查理重重地在本子上写下了这么一句话。

“怎么会这样？”查理回到艾谱莉和李维旁边，表情有些错愕。

“怎么了，查理？”艾谱莉和李维紧张地问道。

“李维从头到尾和约翰夫人只有过一次正面的冲突，就是兜售糖果的那短短几分钟。之后约翰夫人就发现自己的戒指不见了。如果李维不是小偷，那么真正的小偷，一定会和约翰夫人有过接触。我之前怀疑买了李维 10 罐糖果的中年男子可能有作案嫌疑，但是现在根据约翰夫人的话，这个人却有着完美的不在场证明。好奇怪，到底是哪里错了呢？”

查理原本以为会在约翰夫人的描述中找到证据，印证自己的推理，可现在的结果却在查理意料之外。如果不能把真正偷戒指的人找出来，李维一定没办法摆脱干系的。

想到这里，查理的表情变得凝重了起来。

他觉得其中一定有自己没有完全掌握到的事实，但是却又不知道应该从哪里入手解决，只是反反复复地在笔记本上画着关系线。

约翰夫人、年轻男子、中年男子、带孩子的年轻母亲……

“这些人里，一定有一个人在努力地掩饰着自己的身份，

不让我们看出来。只要找到这个人，一切就会水落石出了！”眼前这些人在查理的面前变成了一个个的谜题，到底谁才是罪魁祸首呢……

“查理，你还记得我们之前玩的‘猜猜他是谁’的推理游戏吗？”就在这时，艾谱莉的声音响了起来。

“嗯，记得。”查理点点头，将思绪从一团迷雾中收了回来。

“那么，我们不妨去那节车厢，看看那些人，猜猜他们的身份吧！”艾谱莉坚定地看着查理，希望能缓解他的压力，“我相信，凭你超强的观察力，一定能从他们身上找到线索的！”

“我带你们去！”一直没作声的李维在一旁附和道。

“没问题！”查理点了点头，与李维、艾谱莉的目光同时在空中交汇。仿佛是心有灵犀般，三个少年之间已经形成了一种无形的默契。

他们很快就来到了那节车厢。因为被约翰夫人大闹一场，车厢中的气氛显得十分尴尬冷清。查理一眼就看到了李维所说的中年男子，还有那位带着孩子的妈妈。

中年男子正享用着精致的点心，桌上放着一块鲜奶油蛋糕，还有几块精致的饼干。当然李维的糖果也出现在他的桌子上。

只见他一会儿啃着饼干，一会儿将糖果扔进嘴里，看起来十分享受这一切。

查理的目光扫过他，他也下意识地看了看查理，却好像什么表情也没有，只是低下头去继续吃了两颗彩虹糖。

查理又看向那位年轻的妈妈，此时她的孩子已经躺在她的怀里睡着了。这位母亲正轻轻拍打着孩子的肩膀，她的桌子上，也放着一罐打开过的彩虹糖。

“这位先生，您的下午茶真是丰富啊。我想问您一件事情，这块蛋糕看起来非常诱人，但是为什么您从刚才开始就一直只吃饼干和糖果，却没吃蛋糕呢？难道您不舍得吗？”

“这……我的蛋糕，我想什么时候吃就什么时候吃。”中年男子一愣，但随即开怀大笑道。他肥大的面孔上反射出油亮的光芒。

“我今天也没有吃早餐呢，先生，您可以请我吃一块蛋糕吗？”查理故意问道。

“想吃蛋糕？没问题！不过在吃蛋糕之前，你必须回答我一个问题！”中年男子笑嘻嘻的，眼睛里却闪过一道狡黠的光芒。

“好！如果我能答出您的问题，您可不要食言哦，一定要和我共享这块美味的蛋糕！”查理眼里闪过智慧的光芒。

中年男子的问题：

从前，有位国王，想为自己的宝贝女儿挑选个聪明机智的丈夫。于是他出了一道怪题来招女婿：“凡是前来应考的英俊青年，不能给我送礼物来，也不可空着手不带东西来。”结果，有位才貌双全的小伙子做到了，被招为国王的女婿。你知道他是怎样做的吗？

“只是招女婿而已，这个国王还真是啰唆！”听了中年男子的问题，艾谱莉没好气地嘟囔了一句。

“小姑娘，我倒觉得这位国王非常聪明呢！他知道光长得好看是没有用的，只有头脑灵活的人才能够得到真正的幸福。你可不要小看这个简单的道理，以后在你长大的路上，会遇到很多类似的事情，让你产生同样的感悟呢。”中年男子却一点也没有因为艾谱莉的嘟囔而气恼，反而笑眯眯地对艾谱莉一阵说教。

“先生，我想，我已经知道答案了！”就在这时，查理的眼睛亮了起来，抬起头直视着中年男子的眼睛，一字一顿地说道，“那位年轻人是这样做的……”

“哇！查理你太棒了！”听到查理的解答，艾谱莉的眼睛亮晶晶的，随后又骄傲地对着中年男子吐了吐舌头，“哈哈哈，先生，按照你刚才的说法，查理是不是也够格当国王的女婿了呢？他可是非常聪明的！”

“哪里来的小孩子，走开吧。”看到查理成功地解答了自己的问题，中年男子的表情极不自然，但他很快就装作若无其事的样子，端起蛋糕起身就要走，“这节车厢真是麻烦，我看我还是换个位子好了。”

就在这时，查理迅速地朝艾谱莉使了个眼色。艾谱莉心领神会地点了点头，说时迟那时快，她一个踉跄和中年男子撞了个满怀！可中年男子似乎早有预料，肥胖的身体抖了两抖，

竟然敏捷地躲开了她。不过他手中的蛋糕却飞了出去。

“李维，接住！”查理大呼一声，李维立刻从另一个方向冲了过来，对着蛋糕就是一抓。

太神奇了！原本以为奶油蛋糕一抓一定满手都是甜腻腻的奶油，可是李维却觉得自己抓住了一个硬邦邦的东西。三个少年低头一看，大叫起来：“啊！是蛋糕模型！”

查理接过蛋糕模型，用力地一捏，模型就裂了开来，里面……闪出一道亮丽的红色光芒。

噔噔噔……噔噔噔……

听见喧哗，列车员、列车长、约翰夫人都走了过来，只见肥胖的中年男人被查理他们几个小孩死死地围在了中间，他的手里正拿着从查理手中夺走的被毁坏了的蛋糕模型。

“我的红宝石戒指！”约翰夫人一眼认出了蛋糕中的闪耀物体就是她失窃的宝贝，激动得尖叫起来！列车长一个眼神示意，两个列车员便上前一步打算按住中年男人！可就在这时，中年人双腿一弯，身体出奇灵活地从对方的围捕范围中溜了出去！

“抓住他！别让他跑了！”列车长和约翰夫人不约而同地嚷嚷起来。

查理迟疑了一下，他总觉得有些地方不太对劲。中年男人看起来那么肥胖，脂肪一层一层地堆积在肚子上，但刚才他和艾谱莉交手的时候，却一点儿都不像是个行动迟缓的人，相反好像马戏团的杂技演员一样，平衡能力非常强。而这一次，看到列车员打算抓捕他，他又像一个训练有素的运动员一样，嗖的一下逃离了包围圈，反应之快出人意料。

难道……他有什么超凡的能力吗？

正在查理迟疑的时候，一阵惊呼又将他的思绪拉了回来！

A4 解答 ANSWER

Answer 04 解谜四

第六章
DEMON MASK OF THE GOSPEL TOWN
破窗而出的男人
CHAPTER SIX

哗啦啦啦——

仿佛是巨大的蝙蝠从眼前掠过一样，查理只觉得自己的视线猛地黑了几秒钟，再重新看清周围一切的时候，眼前所看到的却让他震惊得合不拢嘴！

刚才那个肥胖的中年男子不知什么时候把自己“从中间撕开了”，是的，没错，就像脱衣服一样把自己撕成了两半！被他撕落的除了外衣之外，还有那些肥厚的“脂肪”——不过现在看起来那更像是一些海绵之类的玩意儿。

原来，这个中年男人的肥胖竟是他伪装的！

一个颀长的身影正迅速地从被撕开的海绵中跳出来，那是一个穿着黑色紧身衣，看起来非常英俊的年轻人！一双蓝色眼眸就像是太平洋最深处的海水，闪烁着令人目眩神迷的光芒。男子朝着查理、艾谱莉和李维露出一个意味深长的笑容，随后姿态优雅地打开了一旁的火车车窗。

“机智的少年们，和你们一起在火车上玩游戏真是太有趣了。我真期待我们下一次的相遇！”年轻人依然绽放着笑容，但不知何时他的半个身体已经钻出了车窗，就在大家还来不及反应的时候，他便如路边后退的风景一样，咻的一声，消失得无影无踪了。

“我的天！他竟然跳火车跑了！”列车长似乎不敢相信自己的眼睛，拼命地摇着脑袋。

“哇！查理，你看见没有，这个人长得超帅！简直比电影里的明星还要好看！”缓过神来的艾谱莉像个花痴的少女，双手紧握在胸前，脸上满是痴迷的表情。

“他好像把戒指也带走了。”李维环顾四周，只看到那个毁坏了的蛋糕模型被扔在了地上，红宝石早已消失不见了。

“天啊！我的戒指可是价值连城啊！”约翰夫人早在一旁鬼哭狼嚎了起来，“这可怎么办！这可怎么办！”

列车长无奈地又点了一支烟，闷闷地抽了一大口。

“列车长，我想我们已经证明了李维并不是小偷。”查理上前一步，彬彬有礼地说道。

“这位少爷，您说得很对。卖糖果的小子的确没偷夫人的

戒指。”列车长转过头，恶狠狠地对李维说道，“你可以走了。不过，如果以后你再在我的火车上卖糖果什么的，我一定把你赶下车去！”

除了正在捶胸顿足的约翰夫人和正忙于安慰她的列车长一行，查理、艾谱莉和李维一起离开了这节是非迭起的车厢，回到了查理他们的座位上。

“你们帮我解决了一个大麻烦，谢谢你们！”似乎卸下重担般的李维，此刻的表情显得格外郑重。

“哎，李维，你可别把列车长的话放在心里，他这个人就是个典型的势利眼！”艾谱莉还在对列车长虚伪的态度耿耿于怀，“其实在火车上卖糖果挺无聊的，不如下次我们在学校

附近卖糖果吧! 说不定还能认识不少有趣的小伙伴呢! ”

“嗯，谢谢! ” 李维微笑起来，似乎被艾谱莉的乐观与善良感染了。

只有查理依然眉头紧锁，说道:“如果我没有推算错，刚才去掉伪装的那个年轻人，应该就是最开始坐在约翰夫人身边的那个。”

“你怎么知道? ” 看查理那么肯定，艾谱莉突然想到了什么，“对了，之前你也说过还需要验证一件事情才能说出你的推断。那究竟是什么事情呢? ”

Question 05 谜题五

需要验证的事情:

在整个破案过程中，查理需要验证的事情是什么? 你注意到了吗?

“那件事情啊……”查理一股脑地把自己的想法倾倒出来，一吐为快。

听完这番逻辑缜密的推理，艾谱莉和李维都呆住了，怔怔地半天回不过神。

“但是，我没有料到的是他竟然伪装得这么完美，所以在推理的过程中，有一个我完全没有办法联系上的盲点。不过，现在一切都水落石出了。”说完，查理长长地嘘了一口气，有些遗憾地望向了窗外，“只是我很好奇，那个人究竟是什么来头呢? ”

“Mr.F。”李维却喃喃地说了一个名字。

“什么？”查理没听清，问道。

“Mr.F。”李维又重复了一遍，“我曾经看过一本海湾王国侠盗人物传记。里面曾经提到过一个年轻英俊的侠盗，经常出没于各种有钱人的身边，窃取他们的珠宝，从事劫富济贫的工作。据说他从来不会被人看到真实的长相。”

“真的有这样一个人吗？”查理不可思议地问道。

“嗯。这本书在海湾王国国立图书馆的编号是NO.172222465，我是第247个阅读它的人。”李维又报了一连串的数字，表情认真得让人无法不相信他的话。

“你还真是个怪人，连图书编号都时刻记在心里啊。”听见李维的回答，艾谱莉疑惑地感慨道，“像我这种看到字一多就会有晕眩症的人，简直和你就是地球的南北两极！”

“其实看书挺好的。我曾经做过一件事情，就是收费检索。”也许是和查理、艾谱莉共患难了一回，此刻的李维也变得轻松起来，还说起了自己遇到过的趣事，“以前每个学期末，老师都非常喜欢布置大量作业，这可都是需要去图书馆翻阅大量的图书资料才能够写出来的。于是，我想了个办法，让大家不需要看很多资料，我可以告诉大家需要看哪些书，时间一长，大家发觉先问问我再去选择资料会节省很多时间，就这样，靠这个我还赚了一辆自行车的钱。”

“哇……你的意思是，整个图书馆的书你都看过了？”艾谱莉已经惊讶得合不拢嘴了，如同看外星人一样看着李维，“你

的脑子该有多大呀！”

“艾谱莉！”查理哭笑不得地看了艾谱莉一眼，“哪有这样形容别人的？应该是李维非常喜欢看书，所以知识面非常广。我想肯定有人喊你是活的百科全书。”

“百科全书还算不上，但是我希望自己能够成为一本活的百科全书呢！”看到查理非常理解自己的样子，李维真诚地微笑了起来。

“各位旅客，各位旅客，福音镇就要到了，请下车的旅客做好准备，列车在福音镇将停靠 3 分钟。”火车广播响起了甜美的女声，时间过得真快，一眨眼查理和艾谱莉的目的地就要到了。

“刚刚发生了那么多事儿，差一点就忘记正事了。”查理一边整理桌上的东西，一边不好意思地对李维说道，“我们就要到站了。”

“是啊！我和查理这一次出来可是带着非常重要的任务呢！”艾谱莉立刻接过了查理的话，滔滔不绝起来，把杰森的事情和他们打算寻找黄金宝盒的来龙去脉简单地对李维说了一遍。

“那个……我想……也许我有点不自量力，但是我觉得也许我能帮上一点忙。”听了查理和艾谱莉的故事，李维的目光中闪烁着奇异的光芒，“刚才你们也看到了，列车长是绝对不可能让我在火车上卖糖果了，看来我也得下车了。不过如果你们愿意的话，我想和你们一起去寻找黄金宝盒！”他说到这里，

微微抿了抿嘴唇，又像是下了很大决定似的，一字一顿地说：“就算是对你们之前无私帮助我的回报。”

“太好了，李维！如果你能加入我们的队伍，我想我们一定能更快地找到黄金宝盒！”李维的决定像是一个欢乐的彩蛋，一瞬间在查理和艾谱莉之间绽放开愉快的礼花。他们不约而同地伸出了自己的手。

“一、二、三！福音镇！出发！”三个小伙伴的手掌紧密地叠在了一起，目光中都闪烁着相见恨晚的激动光芒！

哐当——哐当——呜——

伴随着火车汽笛的鸣响，查理和小伙伴们的冒险之旅即将翻开全新的篇章。

第七章 与世隔绝的福音镇

DEMON MASK OF THE GOSPEL TOWN

CHAPTER SEVEN

“哇！这里的空气好新鲜啊！”艾谱莉一踏上福音镇的土地，就像是放出笼子的小鸟一样，兴奋地四处张望着。这里的天空碧蓝如洗，仿佛一块透明的蔚蓝色玻璃。微风轻拂，白云仿佛游鱼一样缓缓地移动着，说不出地惬意与自然。

“福音镇是海湾王国绿色植物最多的地方，平均每个人拥有 15 棵雪杉。这里的人都信奉一种自然力量，他们坚持最自然的生活方式，直到现在，这里还保留着一口中世纪的古井，因为这里的人们相信从古井里打上来的地下水是世界上最洁净的水。这里还有森林温泉，据说有祛百病的神奇疗效……”

“哇，李维，看来你真的是一本百科全书！”听见李维好像刻录机一样说出来的福音镇背景情况，艾谱莉又兴奋又崇拜，“我觉得你在学校的成绩一定很好吧！估计门门都是A!”

就在艾谱莉和李维谈笑风生的时候，查理的表情却又变得凝重了：“艾谱莉，李维，你们有没有发现什么异常？你们看——”

“怎么了？”艾谱莉顺着查理的目光，向前望去，随后嘴巴夸张地变成了一个“O”形。

“怎么会？前面的路怎么会这样……”

在不远处，有一尊斑驳的石雕像，旁边竖着一个有些破旧的木牌，上面刻着几个历经风霜的字——福音镇。

看起来，这尊石雕像已经有很多年的历史了。雕像的刻痕已风化模糊，但总体上还是能够分辨出那是一个女神：她有着漂亮的卷曲头发，嘴角带着宽容的微笑，眼睛炯炯有神地看着每一个即将进入福音镇的人。

可是，三个人都皱着眉头看着女神像脚下的两条路：一条道路是用黄色砖头铺就的，仿佛远处就是光明的未来；另一条则长满了深绿色的青苔，看上去阴森恐怖。关键是，这两条路上并没有路牌。

“那是什么？”眼尖的艾谱莉突然发现，女神像的双手交叉在一起，双手之间留着一条缝隙，里面似乎有什么东西。

她一个箭步冲了过去，伸手掏了掏，果不其然，从里面掏出了一个绿油油的东西。三个人定睛一看，竟是一个用几

片宽大的芭蕉树叶和几根细细的小树枝缝合起来的“包裹”。

“里面会是什么？”艾谱莉掂了掂，有些好奇地问道。

“我觉得，这好像是一个很原始的信封。”查理眯着眼睛看了一会儿，说道。

“你不说我还不觉得，一说我也这么觉得了！看来我们真是英雄所见略同！”艾谱莉激动地说完，很快就动手将这个树叶信封拆了开来，“你们快看，里面竟然真有一封‘信’！”

这封信的材料也十分特殊，是由几片花瓣连接起来的，每一片花瓣上面都有几行用针刺出来的字母，李维对着字母逐字逐句地念了起来——

致每一位进入福音镇的人们，

你们是幸运的，却又是不幸的。

如果你只是个普通人，请赶紧离去。

因为自然之神只会保佑那些有自然之眼的人。

“这是什么？听起来像是一种警告。”艾谱莉跟着李维重复了几遍信的内容，具有超强记忆的她瞬间已经背了下来，“好像是一首诗的样子……”

正当艾谱莉翻来覆去地思考时，查理却发现信封的最下角写着几行小字：

福音镇的大门欢迎有自然之眼的人，在自然女神的脚下有两条路，一条通向充满禁忌的黑暗森林，另外一条则是通向祥和欢乐的小镇中心。两条路路口的第一块砖头是活动的，各有一个答案，正确的答案会带领你们进入福音镇。

“禁忌森林？”艾谱莉喃喃道，“这是什么玩意儿？”

李维表情凝重地说：“禁忌森林是中世纪女巫住的森林。据说森林里有许多不能被人看到的秘密，如果有普通人见到这些，就会被女巫囚禁，并且永远失去自由。所以这个世界上只有走入禁忌森林的人，却没有从禁忌森林里走出来的人。”

“不过，这年头居然还有这种需要解开谜题才能进入的地方。这种习俗，据我所知都出现在一般的传统部落。看起

来福音镇上的人不仅信奉自然力量，还有些与世隔绝。”李维看着那几行字，又自言自语道。

“别担心，解谜最适合我们了。”查理的眼睛已经开始闪闪发亮。经过一番寻找，他们很快在信封的背面找到了福音镇的谜题。

进入福音镇的正确之路：

有一天，一位男子去福音镇上的小店买酒，他给了店主1个银币。酒的成本是18个铜币，价格是21个铜币，100个铜币=1个银币。当时，老板因为没有零钱，就去邻居家换了100个铜币。男人拿着酒和找零开开心心回家了，可不一会儿老板的邻居发现，那枚银币竟然是一枚不能流通的古钱币，根本不值钱，于是就去找老板。小店老板只好还给了邻居一个真的银币。可想要再找那个男人却已经找不到了。

请问，老板在这场交易中究竟损失了多少钱？

“也就是说，我们必须要搞清楚谜题的答案，然后选择正确答案对应的路，不然的话，我们就会有危险了？”艾谱莉说着便弯腰去翻起了砖头。和树叶信封中提到的一样，黄色路与绿色路的第一块路砖是活动的，翻开之后，砖块背面写着两个不同的数字——

黄砖：179；绿砖：97。

“我觉得应该是黄砖！你看，老板给了邻居 100 个铜币，又给了男人 79 个铜币，相加不就是 179 个铜币吗？！这么简单的问题，我一秒钟就解决了！”艾谱莉自信满满地答道。

“我想，我已经知道哪条路才是正确的路了！”这个时候，查理却突然微笑了起来，胸有成竹地说道。

“是不是又和我英雄所见略同了？”艾谱莉笑嘻嘻地看着查理，期待查理赞许地点点头。

“不，艾谱莉，我的答案和你的不一样。”查理说完，微笑着说出了自己的解答过程。

“原来如此！”艾谱莉恍然大悟道，“看来我还是略输一筹。”

“艾谱莉，有时候很多现象只不过是迷雾，而我们需要做的是把那些不重要的信息过滤掉，只对最重要的线索进行推断，就能一击即中。在这个谜题中，邻居就是障眼法，他的存在和不存在都没有任何意义。所以想通这一层，你很快就能找到答案了。”

“好吧，查理，你说的似乎也有一些道理！我想下一次我一定能比你先解开谜底的！”艾谱莉望着查理，不甘心地说道。

“不过……”一旁的李维突然想到了什么，“我觉得这里有一些古怪。在入口处设立这么奇怪的机关，来让大家解答谜题，可实际上，这个小镇上的人并不希望别人进入自己的领地。这个谜题也没有什么难的，只是一个通过缜密的逻辑判断就可以计算解答的问题，那为什么要设置这个环节呢？”

“李维，你想得很对。”查理赞许地点了点头，“这个谜题其实并没有传递什么重要的信息，福音镇上的人们一定不太愿意被人打扰，希望永远没有外人能够闯进他们的世外桃源，所以他们才会故弄玄虚，又是解谜又是禁忌森林的，只是希望人们在看到树叶信封后就打消进入福音镇的念头。”

“嗯。这让我想到了古代中国的《桃花源记》。这是一篇散文，说的是某个渔人一次外出捕鱼奇遇记。在一望无际的桃花源深处，发现了一个豁然开朗的地方，他好奇地走了进去，却发现里面是个完全不为人知的世界。那里的人非常热情地接待了他，最后还依依不舍地送走了他。捕鱼者回到现实生活中之后，对这次奇遇念念不忘，但后来不论他再怎么寻找，都找不到当初那个神奇的入口了。”李维又一次引经据典，讲了一个艾谱莉和查理从未听过的故事。

“古代东方的故事果然很有意境。虽然听起来简单，却有着深刻的道理。”查理一边消化着这个故事，一边拍了拍李维的肩膀，“李维，我们与你也是在火车上偶然相识的，而现在我们三个人却要一起探访另外一个‘桃花源’般的地方，你怕麻烦吗？”

“当然不会，是我自己选择和你们一起冒险的。”李维似乎读懂了查理话中的意思，“中国有句古话——为朋友两肋插刀。虽然我不知道现在说我们是朋友是不是有一点为时过早，但我想，如果我们一起经历过更多有意思的事，我们之间的友谊肯定会地久天长。”

“喂喂，你们两个大男生，够了！我可不习惯这么文绉绉的对话。”活泼好动的艾谱莉听着这么感性的话，一时之间无法习惯，她一把抓住查理和李维的胳膊，“废话少说，我们开始今天的探险吧！上帝保佑，希望我们能够顺利找到杰森！”

A6 解答 ANSWER

Answer 06
解谜六

第八章

DEMON MASK OF THE GOSPEL TOWN

福音镇上的奇怪事

CHAPTER EIGHT

顺着那条有些阴郁的青苔路走了好半天，三个小伙伴的眼前果然出现了一片别有风味的村落景致。

这是一片依山傍水的村落，高低错落的木头房子仿佛是从图画册里搬来的，掩映在成片的灌木丛里面。不过有趣的是，这里的居民也因地制宜，将自家房子的屋顶刷成不同的颜色，赤橙红绿青蓝紫，有的还是五彩斑斓的拼接色。正值下午时分，小镇被阳光温柔地包围着，整个小镇看起来就像是一个点缀着五颜六色糖果的大蛋糕。

“好美啊。”艾谱莉由衷地赞叹道。

而查理已经拉住了一个从自己面前经过，正追赶着蝴蝶的小男孩，打听起杰森的事情来:“小朋友，你有没有见过一个大胡子叔叔？”

“哇，你是谁啊？我要回家找妈妈！”小男孩瞪大眼睛看了查理一眼，却用力地一挣，头也不回地跑了。

“哈哈哈哈！查理，你吓到小朋友了！”艾谱莉笑得前俯后仰的，“小朋友可是需要耐心引导才会和你对话的。一个陌生人张口就凶巴巴地问问题，不把他吓哭才怪！”

“我长得有那么可怕吗？”查理郁闷不已，看那小孩的反应，仿佛自己才是那个可怕的“大胡子叔叔”。

“我们不妨换一种方式来问问看。查理你看，那里有几个孩子正在做游戏。我们想办法和他们打成一片再问吧。”李维走过来安慰了一下查理，转身又朝不远处的几个孩子走了过去。

他走到孩子们身边，发现原来孩子们正在玩“谁的记忆力最强”的游戏，其中有一个个子最高的小孩似乎是孩子王，正拿着扑克牌一张张翻动着，并且迅速地收起，让其他孩子报出刚才那几张牌的花色和数字。说对最多的就是胜利者，可以得到一块非常漂亮的鹅卵石。

“查理，我想是发挥自己特长的时候了。”艾谱莉悄悄地对查理使了个眼色，快步走了上去，笑容满面地对几个孩子说道，“小朋友，姐姐想和你们一起玩这个游戏。如果姐姐输了，姐姐就去找很多漂亮的鹅卵石送给你们，怎么样？”

“好呀！好呀！”看到漂亮的艾谱莉想要加入游戏队伍，

几个孩子都兴奋起来，高兴得摩拳擦掌。

“不过，如果你们都输了的话，姐姐也要问你们一些问题，你们都要如实告诉姐姐才可以哦。”艾谱莉话锋一转，增加了一条游戏规则。

“查理，这是……”不太了解情况的李维有些不解地轻声询问查理。

“放心吧，这样的游戏，真的太适合艾谱莉了。别看她平时大大咧咧的，但是有时候，她的特别之处会让你大开眼界的。”查理卖了个关子，对李维露出一个神秘的微笑。

“好啦，我们开始出牌了！”最高个的小男孩快速地翻出了五张扑克牌，走马灯似的在每个人的眼前晃了一下，然后迅速地收拢了。

“现在开始回答！”小男孩考验似的看着其他几个孩子。

“嗯……黑桃 A，红桃……7……还有……还有 8 和 9，可是我不记得花色了……”

“我只记住了有黑桃和红桃……”

“真的好快呀！总是记不住！”几个孩子都垂头丧气的。

高个子的小男孩得意扬扬地转向艾谱莉道：“轮到你了！”

“啊，让我想想……”艾谱莉故意装作很痛苦的模样，吞吞吐吐的。

“还说要赢我们呢，看起来也不怎么样嘛。”

“就是就是，我们好歹还记住了几张牌，她不会一张都没有记住吧？”几个小男孩开始窃窃私语。

“我想起来了！”艾谱莉好像突然想到了什么似的，眼睛里闪过亮晶晶的光芒，“那五张牌分别是……黑桃 A、红桃 J、方块 6、方块 7 和梅花 8！”

“全中！”高个子小男孩激动得跳了起来，“哇！你太厉害了！我一直和他们玩这个游戏，还从来没有人能够全部记住！”

“哈哈！那是，我很厉害的！”艾谱莉自信地笑了起来，目光扫过一旁的查理和李维，得意地笑起来。

“我跟你说过吧，这种游戏最适合艾谱莉了。”查理悄悄地在李维耳边轻声解释道，“也许那也算是她最厉害的地方。她记忆力非常厉害，凡是看过一眼的东西，就永远不会忘记。”

几个输了的小男孩像看偶像一样崇拜地看着艾谱莉，仿

佛她身上绽放着万丈光芒!

“好了! 既然输给了姐姐，那就要信守承诺。来，现在要如实回答姐姐的问题了! ”艾谱莉立刻趁热打铁，引导着孩子们进入她精心策划好的问题中。

“嗯，姐姐你问吧! 我们什么都告诉你! ”这几个孩子仍然一脸崇拜的样子。

“看到这个了吗? ”艾谱莉从书包里掏出了之前查理买的那罐糖果，在孩子们的面前晃动了几下，“姐姐也不会让你们白输的，只要回答了我的问题，这罐彩虹糖果就归你们了! ”

“真的吗? ”糖果对孩子来说，真是太有吸引力了，几个孩子立刻目不转睛地盯着糖果罐，难掩脸上的兴奋之情。

“姐姐是来找一个叔叔的，你们这里最近有没有一个大胡子叔叔来过呀？”艾谱莉尽量让自己的表情柔和。

“叔叔？”小男孩刚才还灿烂的表情一瞬间消失得无影无踪，眼睛惊异地看着艾谱莉，又抬头看了眼在一旁的查理和李维，然后拼命地摇了摇双手，慌慌张张地说道，“啊！没有！我们从来没有看到过什么大胡子叔叔！”

说完，小男孩转身就要跑。艾谱莉赶紧拉住了他，把手中的糖果塞进小孩的怀里：“不要害怕，姐姐不会伤害你的。这个糖果说好了送给你的。”

虽然小男孩很想要糖果，却还是不住地摇头，拼命地将糖果推回到艾谱莉的怀里。

“小弟弟，是不是有人让你不要告诉别人大胡子叔叔的事情？”查理看出了几分端倪，走过来试探地问道，“不要害怕，

我们不是坏人。”

“妈妈说过，这里不欢迎外面的人！”小男孩似乎是怕自己说漏了嘴，扔下一句话抱着糖果像野猫一样飞快地跑远了。

“糟糕，看起来并不是查理的询问方式不对，而是这里的小孩子都被警告过了。”看见两个孩子的反应，艾谱莉皱眉推测道，“依我看，杰森应该是来过了这里，并且在这里造成了什么了不得的影响。”

“没错，艾谱莉说得很对！”查理若有所思地说道，“不过我们首先要做的是弄清楚杰森是还在这个镇子上，还是又去了其他地方。只有知道这些，我们才有机会找到黄金宝盒。”

“问孩子也没有什么可多问的，不如我们去找些成年人问问吧。”李维建议道，“虽然成年人可能会更警惕，但是我想如果我们巧妙地询问，也许多少能问出一些情况来。”

三个人一边商议着一边朝着村落深处走去。

忽然间，三人的注意力被一样奇怪的事物所吸引：几乎家家户户门口都悬挂着一个面具，一眼望过去，壮观的场面让人惊讶不已。那些面具形式各异，或狰狞，或慈祥，有些看起来甚至不像是人类，而更像是魔鬼……三人看得心里打怵，明明是艳阳高照的天气，三人竟硬生生惊出一身冷汗。

“这也太瘆人了吧……”艾谱莉用力搓了搓手臂，只觉得鸡皮疙瘩掉了一地，她胆战心惊地说道，“在欧洲，很多贵妇人喜欢在家里的客厅里摆放鲜花，是为了让室内永葆芬芳。而这里的人，为什么要在自己的家门口挂那么吓人的面具啊？

品味有够特别的……”

查理连忙用力点头，无声地表示自己也有同感。

“嗯……这些可不是普通的面具。”说着，李维走到一栋房子门口，托着下巴玩味地端详着一张面具。看他那副悠闲自得的架势，就像在欣赏艺术品一样。

“怎么？你见过这种面具吗？”查理和艾谱莉瞠目结舌地望着他。

“没错，在家乡的时候曾经看到过类似的面具……”李维若有所思地点点头，他不经意察觉到两个小伙伴惊骇的目光，只得补充说明，“如果我没认错的话，这应该是某个宗教崇拜的驱邪面具。”

“驱邪面具？”两个小伙伴的眼睛瞪得更大了，眼巴巴地望着他，仿佛在无声地央求他多解释一点。

面对如此聪敏好学的同伴，李维无奈地苦笑几声，再次展示自己雄厚的知识储备：“在许多宗教中，面具占据着相当重要的地位。信徒们相信，戴上面具以后便可以和神灵进行交流，所以面具常常在祭祀仪式中使用。还有的宗教认为面具是驱邪圣物，悬挂在门口或家中，可以避免邪灵侵扰。我想，福音镇的居民在门口悬挂面具，也不外乎是这样的目的吧！”

听到李维的解释，艾谱莉这才松了一口气，再看那些造型夸张的面具时，阴森诡异的感觉减弱许多。她指了指周围，既好气又好笑地说道：“看样子，福音镇的居民应该都同属一个宗教吧！你们看，几乎每家门口都挂着这种面具呢！”

“应该如此。其实这种情况很奇怪，欧洲人大多信奉基督教，可是福音镇的居民似乎都是异教徒啊！”李维点点头，不解地皱了皱眉头。

“李维，这些面具上的图案，有什么特殊的含义吗？”查理不解地问道。

“当然有特殊含义，我看很多面具的图案是模仿动物，根据这一点可以推测出，福音镇居民信仰的宗教应该属于萨满教的一个分支吧！”

说着，李维把关于萨满教的知识言简意赅地解释给两个小伙伴听：萨满教，是在原始信仰基础上发展起来的一种民间信仰，被认为有控制天气、预言、解梦、占星以及旅行到天堂或者地狱的能力。萨满教遍布全世界，最崇拜萨满教的地方是伏尔加河流域、芬兰人种居住的地区、东西伯利亚与西西伯利亚。这种宗教有较复杂的灵魂观念，在万物有灵信念支配下，以崇奉氏族或部落的祖灵为主，兼有自然崇拜和图腾崇拜的内容。崇拜对象极为广泛，有各种神灵、动植物以及无生命的自然物和自然现象。

“实在是……太刺激了！”听完，艾谱莉怔了一会儿，突然紧握双拳兴奋地欢呼一声。

“啊？”李维被她的反常吓了一大跳。

“怪不得一进入福音镇，我就觉得浑身不自在，处处都透着一股怪异的氛围……查理，我们好像来到一个相当不得了的地方呢！”艾谱莉兴致盎然地说道，亮晶晶的大眼睛里满

是惊奇，再次打量着四周。

“是啊，这里看似与世隔绝，非常闭塞，但是似乎隐藏着许多秘密。”查理的脸上依旧是淡淡的微笑，轻声附和道。

“事情越来越有趣了！还等什么，我们快点去找杰森吧！”

说着，艾谱莉迈开大步，率先往前走去。两个男生连忙紧跟在后，喋喋不休地继续讨论着小镇上古怪的现象。

第九章
DEMON MASK OF THE GOSPEL TOWN

怪异的镇上村民
CHAPTER NINE

安静的福音镇上，三个行色匆匆的少年正来回奔波着。

“您好，您见过这样一个人吗？一个有着大胡子的中年男人，大概这么高，有一点魁梧。”

“请问有没有见过一个大胡子从这里经过？您知道他去什么地方了吗？”

“不知道前两天是不是有个大胡子，穿着和我差不多的衣服，看起来很傲慢的样子。他告诉我们会来福音镇的，也许已经走了，不过你们知道他去了什么地方吗？”

…………

可是大多数的村民不是摇摇手表示一无所知，就是像见到鬼一样，慌不择路地逃走了，几乎没有人正面回答过他们的任何一个问题。

更多的时候，他们得到的回复还会是这样的——

“什么大胡子？我们福音镇不太欢迎外来的人，你们这些人一看就是没有得到自然女神的庇佑，赶紧走吧！”

“从来没有人会在福音镇上这么大肆喧哗，年轻人，这不是你们该来的地方。”

“哈哈哈，大胡子？如果有大胡子来过这里，我们早就把他给轰走了！”

……

最终，三个小伙伴汇聚在小镇中心的广场上，原本斗志昂扬的表情渐渐地变得有些暗淡，每个人的脸上都带着疲惫。天色不知不觉已经暗了下来，从漂亮的赤红色晚霞转为了浓稠的暗蓝色。小镇上的人们早已回到家中，一时之间，小镇变得格外安静，只有家家户户升起的袅袅青烟证明这里人烟并不稀少。

“真是倒霉。”艾谱莉一屁股坐在一堆刚收割的麦子上，万分沮丧地说道，“几乎把整个镇子上的人都问遍啦，可是完全得不到任何有用的信息啊！”

“村民们都那么讨厌我们，希望我们快点离开这里呢。”李维的表情也有些力不从心，“难道我们看起来真的那么惹人厌吗？”

“查理，你怎么看？”艾谱莉嘟囔着，用手中的树枝不断地在地上画着圈圈。

“我想，既然大家都那么忌讳，那这个小镇，一定有问题！”查理的目光变得更加坚定，“只要给我一些时间，我一定能找到这些事情之间必然的联系。”

“查理，我们相信你！”艾谱莉被查理的坚定所感染，高举起右手握成拳头，一副“视死如归”的模样！可就在这时，村庄上空飘来一股诱人的饭菜香……

咕咕——咕噜噜——

艾谱莉的肚子出卖了她坚定的意志力，而查理和李维的肚子也不约而同地跟上了节奏，咕咕——咕噜噜——咕噜噜噜噜咕咕——一阵和谐的饥饿交响曲奏响了。

三个人不禁面面相觑，忍不住扑哧笑出了声！

“真是的！今天在火车上又是推理，又是抓偷戒指的人。到了福音镇又是解谜，又是玩游戏的，还把小镇跑了个遍，体力早就消耗完啦！”艾谱莉不好意思地摸了摸自己的肚子，向另外两个小伙伴建议道，“我看我们还是先找个落脚的地方，吃点东西再说吧。”

“可是，这个小镇那么不欢迎外人，会不会连旅馆都没有呢……”李维担心地微蹙眉毛，转头看向查理，正想问问他的意见，却意外地发现查理紧盯着某处出神。

“查理，你怎么了？看什么呢？”李维不解地推了推查理。

“你们看那个人，样子鬼鬼祟祟的……”查理招呼两个小

伙伴朝不远处的一栋房子看去。

两人纳闷地定睛看去，心里一惊。可不是嘛！一个穿着黑色大衣，戴着黑色毡帽的男人，站在墙根下，探头探脑地往虚掩的窗子里偷看呢！

不会是小偷吧？三人心中不约而同地生出一个念头。

“怎么办？”李维压低声音，谨慎地问道。

“走，过去看看！”艾谱莉勇敢地一扬下巴，镇定地说道，“小偷我可见多了，所谓做贼心虚，只要暗示他几句，一般都会吓跑的。”

说着，艾谱莉率先朝黑衣人走去，在距离他五六步的地方停住，扯着嗓门高声问道：“先生，你在别人家门口干什么？”

黑衣人被突如其来的质问吓得一凛，慌忙循声回头，当他看到仅仅是三个少年时，明显暗松了一口气。随即，黑衣人恼火地撇撇嘴，对艾谱莉的大嗓门颇有顾忌。

“哪里跑出来的小孩儿，乱讲话！我站在自己家门口不行吗？走走走！”黑衣人压低声调，不耐烦地对三人挥挥手，要他们快点走开。

“哎？好奇怪啊，你为什么一直偷看自己家的窗户啊？”艾谱莉天真无邪地问道，声调的分贝不减分毫。

“真是多管闲事，我想干什么就干什么，难道还要跟你解释吗？”黑衣人愈发恼火，可是又不便发作，况且他们之间的对话已经引起附近路人的注意。

正在说话间，一只三色花猫从虚掩的窗子里钻出来，迈

着猫步走到那人腿旁边，亲昵地蹭着他的裤脚。

“看吧，这是我们家养的小猫，跟我可亲着呢！”黑衣人顺势蹲下身体，一边抚摸着小猫的脑袋一边说。

啊……好像真是误会！艾谱莉做了一个窘迫的鬼脸，迅速跟小伙伴们交换着眼神。

“哇，你这只小猫毛色好漂亮，看起来很威武。”艾谱莉解除对黑衣人的戒备，喜爱地望着那只撒娇的小猫说道。

“当然。”黑衣人露出扬扬得意的神色，“前几天，邻居还特意央求我给他家小母猫配种呢！”

然而，黑衣人的话音刚落，查理的目光霍然一跳，凝视着他冷静说道：“先生，你根本就不是这个房子的主人，请你快点离开！若是你不肯走的话，我们只能去报警了。”

黑衣人是小偷的考题：

不过寥寥数语，查理根据什么判断出黑衣人是小偷？

此言一出，在场所有人都愣住了，黑衣人像泥塑般僵住，怔了几秒钟后，二话不说放开小花猫，低头匆匆离去。

突如其来的转折，令艾谱莉和李维傻眼，两人难以置信地望着黑衣人的背影，过了半晌才幽幽开口道：“他被吓跑了……”

“查理，你怎么知道他真的是小偷啊？小花猫和他那么亲昵，我还以为咱们搞错了呢！”艾谱莉感到匪夷所思，诧异地望着查理。

“这只小花猫可是拆穿他的小功臣呢！”

查理从容地走到小猫旁边，蹲下身抚摸它柔顺的皮毛，随即把自己的推理告诉二人。

当艾谱莉和李维惊叹查理的明察秋毫时，咔嗒一声，房门不期然打开，一个瘦小的小男孩出现在门口，畏缩地左顾右盼。

“刚才那个小偷被你们赶走了是吗？真是太谢谢你们啦！我一个人在家，发现有人在窗口探头探脑，吓坏了。”小男孩带着哭腔说道。

“别担心，他已经被赶走了。下次你一个人在家的时候，

要把门窗都锁好啊。”艾谱莉笑着安慰道，“对了，小朋友，你知不知道福音镇的旅店在哪里呀？”

“我们镇子很少有陌生人来，所以只有一家旅馆，就在前面不远的一条河流旁边，名字叫森林小屋，很容易就能找到。”为了表达感激之情，小男孩热心地介绍道。

“谢谢啦！”艾谱莉欣喜地转头看着两个小伙伴，“我们还等什么？赶紧去森林小屋报到吧！肚子都快饿瘪了！”

说话间，三人告别小男孩，朝着福音镇唯一一家旅馆走去。

A7 解答 ANSWER

Answer 07 解谜七

第十章

DEMON MASK OF THE GOSPEL TOWN

鹰形铜戒指的秘密

CHAPTER TEN

森林小屋正如其名，在一条河流旁边，一座破旧的小屋与黑黢黢的森林融为一体。当查理三人抵达森林小屋时，老板正准备关门。

“老板！今天还有空的房间吗？”艾谱莉赶紧拦住了正打算合上最后半扇门的老板。

“有。”老板是一个十分斯文的中年人，戴着一副金丝边眼镜，穿着十分朴素，脚上还穿着一双用草编织的鞋子。但是他看起来也和村民们一样，对查理三人不太友善，目光冷冷地看着他们。

“太好了！我们要三间房！”艾谱莉大大咧咧地闯进了旅馆，找了个沙发一屁股坐下来，“老板，今天有好喝的鸡汤吗？先给我来一碗吧！”

“我们这里好久没接待过外人了。我劝你们还是早点离开吧。”老板虽然打开门让查理和李维也进来，但是表情依然冷冰冰的。

“我们知道福音镇不太欢迎外来人。但是我们有很重要的事情必须要来这里。老板您放心，我们不是坏人。等我们办完事一定会尽早离开的。我们会像你们一样爱惜这里的一切，不会破坏这里的环境。”似乎是为了缓和一下气氛，李维真诚地对老板说道。

也许是被李维的话所触动，老板的目光流露出一丝不易察觉的温柔，但是转瞬即逝:“你们先付房费吧。不要到时候人跑了，又赊欠我的账。”

“老板，您这里的客人都有不付钱就跑的习惯吗？”查理敏锐地从老板的话语中找到了一些不同寻常的气息，试探地问道。

“一直以来，受到自然女神庇佑的人才能安全地经过福音镇。如果没有自然之眼，就只能以很悲惨的结局结束可怜的生命。”老板没有正面回答查理的问题，而是似是而非地说了一段阴森的话语。

“自然女神我们也很敬畏的。我们可是解答了自然女神的谜题才进来的呢！”艾谱莉没有察觉到老板的话中话，反而非常自豪地提起了大家解谜的事情。

就在艾谱莉和老板交流的同时，查理一直很仔细地观察着旅馆里的每一个角落。突然他好像发现了什么一样，笑着对老板说道:“老板，福音镇的人都相信自然女神，那一定不能对自然女神撒谎啰？”

“那是当然。”老板非常肯定地回答。

“那么，您刚才说这里好久没有接待过外人了，那您是否可以以自然女神的名义发誓，这句话是真的？”

查理的目光犀利地望向老板，与老板的视线在空中碰撞到一起。

“你……你们这群外来人，已经放你们住进来了，还

要得寸进尺问这问那！房间都在二楼，一共就三间房。你们自己随便住吧。”老板的表情有些不自然，口气却依然非常强硬，并没有回答查理的问题，收了钱就转身进入了自己的房间。

看到老板愤愤然的样子，艾谱莉的脸上出现了疑惑的表情，问道：“查理，为什么你让他以自然女神的名义起誓，他就不高兴了呢？”

“艾谱莉，我想查理一定是发现了什么细节。”李维认真地望着查理，等待着查理的精彩推理。

接待外人的考题： Question 08 **谜题八**

查理为什么会认为老板说的“这里好久没有接待外人了”是个谎话呢？

果不其然，查理背着双手在旅馆里逛了一圈，静静思索了一阵，便开始娓娓道来……

“杰森！”艾谱莉和李维异口同声道。

“是的，我和你们想的一样。我认为，今天在福音镇上发生的一切都指向了一个结果，那就是杰森一定来过小镇，并且他肯定曾经住过这个森林小屋，而且，还发生了什么不得了的事情。”查理肯定地说道。

“也许这些事情，和黄金宝盒有着密切的关系！”三个小伙伴越说越激动，虽然之前大家都是又累又饿，可是突然出现的线索又让他们兴奋起来，恨不得立刻出发去寻找杰森和黄金宝盒的下落！

“查理！你看这是什么！”就在这时，眼尖的艾谱莉似乎也发现了什么，瞪大了双眼，只见她三步并作两步冲了出去，伸手从沙发的角落里掏出了一个东西。

那是一枚墨绿色的铜戒指，上面雕刻着一只老鹰的形状，鹰嘴锐利，鹰眼闪烁着阴冷的寒光，双翼高耸，几乎就要振翅而飞！

“看起来，这枚戒指背后藏着不为人知的故事。”李维目不转睛地看着它，自言自语道，“这个形状我好像在某本书上见到过，如果我没有记错的话，是瓦伦贝尔贵族的标志。”

“瓦伦贝尔贵族？”查理愣了愣，飞快地和艾谱莉交换了一下眼神。

“是的，传说这个贵族已经很久没有出现过了。据说他们的后人只是一个 12 岁的小男孩。而且，这个贵族也有非常可观的家产和从来没有人解开过的秘密。”

看着李维郑重其事的表情，查理点了点头。而艾谱莉却突然幽幽地说道：“查理，如果我没有记错的话，在夏宫时，我曾经看到过杰森的右手无名指上，就戴着这枚戒指。”

“小莉！你帮了我一个大忙！”看着艾谱莉十分肯定的目光，查理伸手接过艾谱莉递给他的老鹰戒指，轻轻地用手指摩挲了一会儿，嘴角浮现出一个得意的微笑。

“我想，今天晚上森林小屋的老板可能会失眠了吧！”说完，查理径直走到了老板的那间房间，咚咚咚地敲起了门。

“臭小子，那么晚了，别吵了！不然我把你们赶出去！”老板似乎早有准备，无论如何都不肯开门。

“原本想要和老板当面对质的，但没想到他竟然用上了拖延战术……”查理微微皱起了眉头，思考如何解决这个问题。

“我倒是有一个办法。”李维走到了查理的身边，拍了拍查理的肩膀，又对艾谱莉点了点头，“你过来……”

三个小伙伴把脑袋凑到一起，窃窃私语了一番，然后艾谱莉向两个男孩子使了个眼色，一起拍手用尽力气大喊起来！

“啊呀！不好了！开水烧干了！火都烧到了地毯上！着火了！查理赶紧来帮忙啊！”

“不行啊！火越来越大了！李维！赶紧去外面打水啊！”

“好……好！我马上去！”三个人表演得十分逼真，一时间，整个旅店到处是慌乱的脚步声，夹杂着椅子打翻在地的声音。不到一分钟，啪的一声，老板就怒容满面地出现在他们面前。

“哈哈，老板，看来你还是舍不得你的旅馆嘛！”艾谱莉笑嘻嘻地走上前去，对老板挤眉弄眼地做了个鬼脸。

“你们——”发现自己只是被愚弄了的老板，气得脸都红了。他一个转身就打算回房间去，但是李维早有准备，一个箭步冲上前去，将房间的大门堵得严严实实的。

“老板，其实我们不是想为难你，我们只是想知道事情的真相。”查理十分诚恳地走到了老板的面前，认真地说道，“也

许对福音镇的人们来说，小镇的原始和安宁是你们本来的生活，你们不愿意失去这种美好的生活方式，所以非常不愿意见到不速之客，不希望生活被打乱。但对我们来说，我们之所以闯入这里，并不是为了打扰你们，而是为了找到我们失去的东西。这个东西，可能就在你们不愿意告诉我们的那个人手里，在那个于我们之前闯进来的陌生人手中……所以请您告诉我们他在这里遇到了什么，去了什么地方！”

查理举起手中的那枚戒指，递到了老板的面前，继续诚恳地说道：“那个人曾住在您的旅馆里，他是个大胡子，手上戴着这枚戒指，嘴边时常挂着一只烟斗。他的名字，叫作杰森。”

在查理的步步紧逼之下，老板的目光跳动了一下，很快垂下了头，似乎思想做着激烈的挣扎。最后，他妥协了似的抬起了头，皱起了眉头。

“既然你们那么想知道，那我就告诉你们吧。但是，知道太多对你们没有什么好处。这里毕竟是福音镇，如果你们执意不听劝告的话，最后的下场可能和他一样！”老板说着，语气又沉重起来。

“他的下场？”听老板的话，查理有一种不祥的预感。

“是的！你们要找的那个叫杰森的人，前不久的确来了福音镇。他告诉我们他是个相信自然女神的虔诚信徒，想要来这里近距离地朝拜一下自然女神，然后回归自己的生活。所以包括镇长在内，大家都对他非常友善。但是他来的第二天，就不听劝告地越过禁区，闯入了我们福音镇的禁地——禁忌森林！”

“禁忌森林？”三人异口同声地问道。

“是的！禁忌森林是我们福音镇最深处的秘密之地。福音镇的居民世世代代都不会违背女神的意愿随意闯入。传说那里有一个黑暗精灵的种族，他们从上古时代就居住在禁忌森林中，用神奇的黑魔法保护着这个森林！如果人类闯进去的话，就会遭到黑暗精灵的魔法攻击！一旦进入就无法找到出来的道路，而且再有人闯入也没有办法破解这个迷阵，只能永远迷失在森林之中，无法走出！”

“怎么可能？”听见老板的话，李维愣了愣，情不自禁地

接口道，“自从哥白尼提出了日心说，牛顿又发现了地心引力，这个世界上所有一切未知的事情都可以用科学来解释。怎么可能在这个有火车的现代社会中，还会有禁忌森林的传说？”

“哼，小男孩，我看你是读书读多了吧？”老板斜睨了李维一眼，自顾自地说下去，“当然，不相信这个传说的人也有很多。当年有一群年轻人来到我们这里，说自己是地质学家，想要考察禁忌森林。我们百般劝阻都不听，还说自己有先进的科学设备。于是，他们就带着那些叫什么指南针的仪器，一个接着一个进入了禁忌森林。

“足足过了一个多星期都没有人再走出来! 镇长担心他们已经出事，就报了警。因为是赫赫有名的地质学家，所以政府非常重视，还派出了一支猎鹰突击队前来营救。不过，谁也没有想到，这群有着丰富野外生存经验的特种兵，也在进入禁忌森林之后消失不见了！”

“这……难道禁忌森林里有鬼吗?！”艾谱莉听得全身鸡皮疙瘩都起来了，有些紧张地躲在查理的背后。而查理从头到尾都紧紧地皱着眉头，一言不发。

“所以，你们这些人还是不要太天真了。不告诉你们杰森的下场，纯粹是为了你们好。”老板从鼻孔中哼了两声，非常不耐烦地推开挡在门口的李维，回到了自己的房间，并“砰”的一声关上了门。

房间里又陷入了死一般的寂静。

A8 解答 ANSWER

Answer 08
解谜八

第十一章

DEMON MASK OF THE GOSPEL TOWN

冒险的决定

CHAPTER ELEVEN

小镇的夜晚，十分安静。

查理躺在森林小屋的床上，久久无法入睡。透过窗户，他能够看见深蓝色的夜空中悬挂着一轮又白又圆的月亮，散发着柔和明亮的光芒。

月亮啊月亮，如果你能够告诉我接下来怎么办就好了……查理在心中默默地说道。

啾啾啾——

不知何时，窗外立着一只夜莺，唱着动听的歌，把查理

的思绪拉回了现实。他揉了揉有些模糊的眼睛，再一次看了一眼天上的圆月，随后从床上翻身坐起。

“这次赶到福音镇，无论如何都要找到杰森的下落，找到被他偷走的黄金宝盒，只有打开黄金宝盒，才能够更完整地去了解自己的爸爸妈妈，也许能知道他们希望我成为一个怎样的人，才能知道如何更好地去守护属于我们家族的未来。”想到这里，查理在洒满月光的旅馆房间里，用力地捏紧了拳头。

虽然禁忌森林被旅馆老板说得十分可怖，连地质学家和猎鹰特种兵都无法逃出，但是，现在可以确定的是杰森已经进入了禁忌森林，而且他一定会带着黄金宝盒！即便在里面

迷失了方向，他也一定会把黄金宝盒藏在森林的某个地方。如果自己就这样被禁忌森林的传说吓倒，中途放弃的话，那么有关父亲的线索也就断了！

很快，查理的脑海中已经形成了一个坚定的计划。他从怀里掏出怀表，时间显示现在是凌晨 3 点半。如果在这个时候出发，就可以不让艾谱莉和李维跟着自己一起去冒险了！想到这儿，他立刻下床，悄无声息地整理好自己的行李，背上了书包，深深地吸了一口气，然后推开了门。

“喂！查理！”

门口两个黑影把查理吓了一跳：“艾谱莉、李维，你们……”

艾谱莉朝查理摇了摇头，一副对查理了如指掌的神情，

扭头对李维骄傲地说道:“怎么样，我的判断没错吧! ”

李维佩服地竖起大拇指，无声地点点头。

“什么判断没错? ”查理听得一头雾水，他不经意瞥见艾谱莉手里的东西，不禁愣住，“呃，小莉，你怎么拿着一条绳子? 干吗，要绑谁啊? ”

“这个呀，当然是用来绑你的呀! ”艾谱莉调皮地扬了扬手里的绳子，故意凶巴巴地恐吓道，“谁让你想丢开我们俩! ”

“啊，我……”查理吓得浑身一凛，窘迫地嗫嚅道。

“嘿嘿，逗你的啦! ”艾谱莉坏笑几声，“早就猜到你的小心思了，所以我和李维一直守在门口等你出来。为了打发无聊的时间，李维就给我出了一道有关绳子的谜题，好难啊! 到现

在都没解出来……”

“哈哈！这个题目可是我的杀手锏，当初凭着这一题，可谓打遍天下无敌手呢！”

“哼，臭屁什么！如果是查理的话，一定能解出来！”艾谱莉不服气地斜睨着李维，怂恿道，“查理，快点帮我打败这个吹牛大王，灭灭他的威风！”

说着，艾谱莉把绳子谜题告诉查理——

Question 09 谜题九

绳子谜题：

用手抓住一段绳子的两端，绝对不能松手，同时在绳子中间打个结。

你，敢来挑战吗？

“这个嘛……”查理略一沉思，立刻有了主意。他示意艾谱莉把绳子递过来，严格遵守李维制定的游戏规则，两三下就打出一个绳结。

啪啪啪！两个小伙伴看得目瞪口呆，情不自禁地大力鼓掌。

“哇，查理，我实在太崇拜你了！世界上根本不存在你解不开的谜题！”艾谱莉吃惊地瞪着他，毫不吝惜对他的赞美之词。

“真的很厉害！你是第一个，也是最快解开这个谜题的人！果然不同凡响！”李维由衷地赞叹道，丝毫不介意自己被打败。

“这没什么……”查理被夸得脸色微红，谦虚地说道。

“所以，你是因为自己足够厉害，才想把我们两个甩掉的吗？难不成觉得我们拖了你的后腿？”艾谱莉的脸色忽地一变，刁蛮地挑高眉毛，故意说反话。

“当然不是！”查理生怕被好友误解，连忙解释道，“正相反，我还觉得是自己把你们拖进了危险境地呢！禁忌森林是我必须要前往的地方。因为我有找到杰森的必然理由。但是，这只是我个人的事，和你们没有关系。我是为了我的家人在冒险，你们也有你们的家人，如果一不小心你们出了意外，我是没法安心的。”

“查理，你说得很对。但是我们中国人有一句古话——在家靠父母，出外靠朋友。”这时，李维的目光变得深邃起来，“我们李家在中国算得上是一个大家族，刚来欧洲的那段日子，我母亲每个月都要给我写信，寄相当丰厚的一笔生活费用，足够让我在这里过着和国内一样阔绰的生活。

“但没过多久，我的国家发生了一场大的动乱，那之后我就和家里断了音讯。我无法回国，只能靠自己的双手在这里勤工俭学，努力生存，并且尽可能完成我的学业——就像你们看见的一样，在火车上卖糖果。

“但这段时间，当我从一个出手阔绰的东方少爷变成一个普通的穷学生，我就渐渐发现，周围的那些所谓朋友都和我疏远了。一开始，我觉得这是人之常情，但是当我遇到你们，才终于明白谁是真正的朋友。在火车上，当你们两个为素昧

平生的我努力洗清偷窃嫌疑时，我已经默默地将你们视为我在欧洲结识的最好的朋友。如果按照我们中国人的方式，为朋友是可以两肋插刀的，那么，去一次禁忌森林又有何妨？”

听见李维动情地讲述自己的故事，查理的眼睛也变得潮湿起来。率直的艾谱莉更是忍不住有些哽咽道:“李维，没想到你背后的故事竟也这么复杂。我艾谱莉发誓，你就是我在这个世界上除了查理之外最好的朋友！”

“艾谱莉，谢谢你！”李维朝艾谱莉非常郑重地点了点头，又望向查理，“所以，我希望你不要顾虑太多，不论你打算去哪里，我们三个人都一起吧！”

“是的！查理，我们三个人的友谊，早在火车上就已经开始了，不是吗？”艾谱莉也望着查理，语气坚定得让人无法拒绝。

“也许我是世界上最幸福的人，能遇到你们这两个小伙伴。”查理沉默了一会儿，终于发声道，“我想再说什么都是多余的。我们三个人就是这个世界上最坚强的朋友联盟！”

“太棒了！”听见查理这样说，艾谱莉兴奋地伸出手，朝两个男生眨眨眼睛。

“一、二、三！”啪！三双稚嫩的小手在半空中交叠在一起，发出结实又响亮的声音。三个小伙伴的脸蛋都红扑扑的，眼中闪烁着兴奋又期待的光芒。他们不知道等待自己的会是怎样一条道路，但这一刻，他们的心中都已经充满了勇往直前的信心。

然而，他们谁也没有发现，在寂静的黑暗中，一双略带沧桑的眼睛，正默默地凝望着这一切，在看到他们意气风发地准备出发时，那人默默地发出了一声叹息，随即，目光一沉，消失在如雾般的黑夜里。

只有窗外那只栖息在树枝上的夜莺，依然不知疲倦地唱着动人的歌，似乎是在为三位勇敢的少年饯行。

A9 解答 ANSWER

Answer 09

解谜九

第十二章

DEMON MASK OF THE GOSPEL TOWN

看不见的敌人

CHAPTER TWELVE

夜色正浓。三个瘦小的身影却在这迷雾般的夜幕中迅速前进着。按照之前旅馆老板所说，跨过森林小屋前的河流，就是禁忌森林的入口了。很快，他们来到小河边，这时，月亮也像是故意隐入云层那般，周围陷入了一片更深的黑暗之中。

“越过这里，我们就进入传说中的禁忌森林了。”查理眯着眼睛眺望着河水那头，只见到对面那黑压压的森林，就像是有无数个黑暗士兵守卫着一样，有一种难以言说的压迫感。

“查理！我们快出发吧！”艾谱莉深深地吸了一口气，重新恢复了镇定，“与其在这里左思右想，不如我们立刻出发，去禁忌森林冒险吧！”

“是的！查理，不论发生了什么，只要我们三个人同心协力，一定能够解决的！”李维也跟着说道。

“嗯！”在这寂静的夜里，三个小伙伴你看看我，我看看你，感受到共同的信念与信心如同篝火一般在彼此的心中燃烧。仿佛这一刻，血液也变得更加滚烫了。

“可是……查理，我想问问，你们两个会游泳吗？”很快，他们遇到了前往禁忌森林的第一个大问题——过河！

想要进入禁忌森林，必须先经过那条河流。可是他们三个人谁也不会游泳，查理想了想，率先走上前脱下鞋子，试探性地伸出脚想要试试河水的深浅，可是河水打湿他的小腿都没有见底。他又眺望了一下远方，发现河流直奔远方，谁也不知道尽头在哪里。

他们环顾四周，总算在岸边不远处的杂草丛中发现了一只独木舟。这只独木舟看起来十分破旧，上面还遍布着厚厚的蜘蛛网，所幸的是，李维检查了一下整只木舟，发现它的质量很不错，一个漏水点也没有。

“我们就靠这只简陋的船过河吧！”独木舟说大不大，说小不小，刚刚好能够塞进三个少年。他们三人一前一后互相搀扶着上了船，李维和艾谱莉主动担当起划船的角色。

在夜色中，河水忽然湍急起来，独木舟颠簸前行，不谙水性的查理脸色微微有些发白，但他努力地咬住嘴唇，不想让其他两个伙伴发现自己的不适。

细心的艾谱莉将这一切看在眼里，她思考了一番，故作欢快地对查理说道："坐船太无聊了！不如我给你们两个人出一道和过河有关的智力题吧！你们不用现在就回答我，等我们抵达了禁忌森林之后再回答我好了！"

随即，艾谱莉说出了她的题目。

艾谱莉的题目： **Question 10 谜题十**

有一个农夫要带一只狼、一只羊和一棵白菜过河。每次只能带其中一个过去，如果没有农夫看管，那么狼要吃羊，羊要吃白菜。请问农夫如何安全带这些东西过河呢？

也许是因为艾谱莉出了查理最喜欢的推理题，当查理思考的时候，不适感也渐渐减轻。就这样，三个人很快便抵达了对岸。

禁忌森林就在眼前了！虽然已经设想了种种可怕的场景，但此刻站在禁忌森林面前，他们还是真切地感受到了从脚底升起的一股凉意。

"旅馆老板说过，很多人走进禁忌森林就没有再出来过，所以我们进入森林后，大家都必须在走过的树上刻下痕迹，这样或许能让我们少走弯路。"

说完，查理从地上捡起两块石头，分别递给了艾谱莉和李维。三人壮了壮胆子，深深吸了一口气，便义无反顾地走进禁忌森林。可是，从他们走入禁忌森林开始，就一直听见一阵接一阵低沉又沙哑的嘶吼，像是某种猛兽，然而完全看不到“那东西”的影踪！

“这么晚了，这个森林可能会有我们不曾预知的生物。艾谱莉、李维，我们三个人一定要彼此看好别走丢。如果遇到危险，一定要共同进退！”查理嘱咐道。

虽然查理的心里也毛毛的，但是他还是非常镇定地做出了继续前进的决定。三个人一边在树上刻着痕迹一边朝着森林深处走去，嘶吼声似乎也随着他们的前行而渐渐地变小了。

也许是猛兽对三个小孩没兴趣吧。

就在艾谱莉庆幸地幻想时，突然，啪嗒啪嗒的声音响起！一连串冰凉又滑溜溜的东西从天而降，像下暴雨般猛地落在他们三人身上！

那些东西好像有生命一样，一旦碰到他们的身体就会拼命地缠绕起来，艾谱莉只觉得自己的两条手臂传来一阵冰凉彻骨的感觉，她用力想要挣脱，却看到一双红色的眼睛正恐怖地盯着她！

“啊！蛇！有蛇啊！”艾谱莉毕竟是女孩子，当她发现从天而降的竟然全是一条条或大或小的蛇时，整个人陷入了极端恐惧中！然而这些蛇已经完全占领了她的全身！她的头上、身上、脚边都是一团团正在扭动的蛇，顿时，艾谱莉只觉得一阵头晕目眩，双腿一软，惊叫一声倒在了地上。

“艾谱莉……艾谱莉……”

不知道过了多久，她被阵阵呼唤声叫醒，想到之前缠绕自己的蛇，艾谱莉又是一阵大叫地跳了起来，却发现身上什么东西也没有。

“落在我们身上的，虽然是看起来很吓人的蛇，但是我和李维查看过了，它们都是没有毒性的。”查理安慰艾谱莉道，“所以你别害怕，它们只是路过，把我们当作它们的走道而已。刚才，我和李维已经把这些蛇都扔到草丛里去了。”

心惊胆战的艾谱莉咬着嘴唇故作坚强地点点头，继续跟着查理他们向前走。可是走了一会儿，查理却觉得眼前的一切似乎有点眼熟。他们停了下来查看周围的情况，却发现每一次走过的地方都有之前标记过的痕迹。这时三人都有些害怕了，决定停下来思考一下。

“艾谱莉，不如现在我们来解答一下你在独木舟上出的那道智力题吧！”似乎是为了缓和一下气氛，查理刻意换了一个话题。

“我已经想到那道题目的答案了！”李维自信笃定地说出了答案——

“艾谱莉，我说得对不对？”

“不失是个聪明的点子！”艾谱莉点点头，承认他的回答是正确的。

“另外，我想到了一个能解决我们目前困境的办法。”李维的回答提醒了查理，他对大家建议道，“我们之前的标记都一样，所以即使回到了原点，我们也不知道哪里走错了，但如果我们按照字母表的顺序或者扑克牌去做标记，说不定就能知道哪里走错了，这样就不会在森林里转圈圈了。”

果然，当三个人按照全新的方式继续前进后走出了“怪圈”！三个人相视而笑，很快就来到了新的地方——一个豁然开朗的森林温泉。

李维看到眼前的场景，诧异道：“听说福音镇的森林温泉是非常有名的，很多人都慕名前来。为什么会变成禁忌森林里的传说了呢？”

查理皱了皱眉头道：“我觉得一定是福音镇的人撒谎了！”

艾谱莉想了想，拍了拍查理的肩膀:“我想我们还是尽快找到杰森的下落比较重要，毕竟我们找到他才能抢回黄金宝盒！”可是，说完这句话的艾谱莉，目光却越过了查理，惊恐地瞪圆了眼睛！

“艾谱莉，你怎么了？”查理困惑地看着艾谱莉，可是艾谱莉的表情越来越恐惧！查理一个转头，这才明白为什么艾谱莉会那么恐惧——

只看到森林不远处有一群全身白衣的人影，仿佛行尸走肉般在森林中穿梭来去，但是更诡异的是，这些人似乎都是飘浮在半空中的！

“查理……你……你也看到了吗……”艾谱莉的声音微微地颤抖。

“我……我也看到了！”一直很镇定的李维，此刻也显得不怎么淡定了起来。

“该……不会是之前那些失踪的地质学家的鬼魂吧？”艾谱莉越说越害怕，紧张得几乎就要哭出来了。

A10 解答 ANSWER

Answer 10
解谜十

第十三章

DEMON MASK OF THE GOSPEL TOWN

神迹降临的雕像

此时此刻，查理也十分害怕，但他竭力让自己保持镇定。

“小莉，你还记得我们在夏宫装鬼，吓唬乔伊管家的事吗？”查理突兀地问道。

“现在提这件事合适吗？”艾谱莉惊恐的颤声传来，她紧紧拉住查理的胳膊，把头埋得低低的，不敢抬头再多看一眼。

“啊，你们还装鬼吓人？真是人不可貌相……”李维诧异地瞥了两人一眼。

“这世界上哪有鬼怪，归根结底，都有其形成的缘由，或许是人假扮的，或许是某种化学、物理现象。我们千万不能自己吓唬自己。”查理拍着艾谱莉的肩头，轻声安抚道。

经查理这么一说，艾谱莉紧张的情绪渐渐缓和下来，身体也停止发抖。

这时天微微发亮，查理发现森林的出口就在不远处，于是提议大家离开森林回到福音镇上。于是，三个人结伴向森林外走去。

就在他们终于要走出森林时，三人眼前却突然一黑，只看到三个高大的蒙面人冲了上来，每个人的脸上都戴着可怕的魔鬼面具，二话不说对着三人就是当头一棒，把他们打晕了。

当查理再次醒来的时候，已经在村里的教堂里了。一个威严的老爷爷板着脸瞪着他们。

“我是福音镇的镇长，你们这些不知道从哪里来的小家伙，不知天高地厚，竟然半夜偷偷溜进我们的禁忌森林，差一点害得自然女神大怒！”镇长十分生气地说道，“我命令你们赶紧给我滚出福音镇，从此以后，再也不允许踏足这里一步！”

“镇长，很抱歉我们违反了福音镇的传统规定，但是我们真的是有苦衷的。”艾谱莉上前一步紧紧拉住震怒的镇长，十分诚恳地解释着。

“哼，想要得到我的谅解，除非我们神庙里的神像一年四季都不会移动！”镇长从鼻孔里哼了两声，气鼓鼓地说道。

“神像一年四季都不会移动？”镇长的话却勾起了查理的兴趣。

“是啊，我们福音镇有一座神庙，据说是由自然女神镇守。

然而奇怪的是，女神的神像每年冬天的时候都会向南边移动2厘米。而实际上，这座神像是用上好的天然大理石雕刻而成的，非常沉重，就算十几个壮汉也很难将神像移动！”

“你的意思是，这座神像只有在冬天的时候才会挪动吗？”查理好像已经忘记了自己还是被镇长驱逐的对象，他浑然忘我地走上前去，仔细地盘问起来。

“是啊，每年冬天就会挪动2厘米，就这样一年又一年，现在神像已经离最初的位置很远了。”

“可以带我去看一下吗？”查理的表情显得格外凝重起来。

“神像挪动位置是自然女神给予我们的神谕。如果我们足够虔诚，就能够听懂女神对我们的教诲。而你们这些从外面闯进来的野小鬼居然也想亲眼看看这不可思议的神谕？”镇长不屑地冷哼了两声。

“镇长先生，您也说了，神像挪动位置是自然女神的神谕。能够解读神谕的人，就应该是自然女神庇佑的人。”查理却微笑了起来，顺着镇长的话，话锋一转。

“你……”镇长恼羞成怒道，“你的意思是你能解读女神的神谕？简直胡说八道！我在这个镇上住了那么多年，从来没有见到过像你这样猖狂无知的年轻人！”

“请息怒。镇长大人！”查理依然面带着微笑，十分尊敬地请示镇长，“镇长先生，如果我真的能够解读自然女神的神谕，您之前说的驱逐我们的话是不是能够收回呢？”

“这……”似乎是因为查理的话太具有诱惑力了，镇长一

神像挪动的诡异现象：谜题十一

福音镇神庙里的自然女神神像是用天然大理石雕刻而成的，非常沉重，就算十几个壮汉也很难将神像移动！然而，每年冬天，神像都会自动向南边移动2厘米。

村民们都说这是神迹显灵，可是查理却不以为然。

为什么会发生这种奇异的现象呢？

时间表情也有些尴尬，他望望查理又望望周围围着的村民，似乎下了很大决心一样说道，“好！那我就带你去神庙一次！不过我可是丑话在前，如果你不能解读神像移动位置所代表的意义，那么你和你的这两个朋友就即刻给我滚出福音镇，从此以后再也不能踏足这里！”

“如果我回答出来了呢？”查理又微笑着追问道。

“如果你答出来了……”镇长的脸涨得通红，思忖了好一阵子，才憋着声音说道，“那我就让你们在福音镇上再多住两天！”

“什么！多住两天？”艾谱莉不满地嚷嚷起来，“解读出女神的神谕居然只能住两天，那你们这些住了那么多年都没有解答出来的人，是不是早就应该卷铺盖走人了！”

“你……”镇长被艾谱莉呛得说不出一句话来，只是拼命地瞪着艾谱莉，胡子气得都翘起来了。

不过，镇长总算是信守诺言，带着查理一行人来到了神庙。这是个非常古朴的神庙，门口有着 7 根硕大无比的石柱子，

以奇妙的形式堆叠在那里，力量又相互交错，所以非常牢固。穿过石柱，便是一个十分宽敞的长方形石台，看得出来这是一块纯天然的花岗岩，非常坚硬。

神庙的神像就矗立在长方形石台上，也许是为了美观，神像与石台连接的地方挖了一个椭圆形的凹槽，并雕刻成飘逸的荷叶状，看起来神像就像是站在荷叶上一样。不过这样一来，就能明显地看到，神像并没有站在荷叶的中央，而是已经向南面移动了一小块地方，看起来有种不对称的感觉。

“如果神像是被人为移动的，那么这里就应该会看到很明显的痕迹才对。”一个村民指着荷叶状的凹槽说道。查理这才注意到，凹槽实际上是一个浅浅的小坑，有少量积水，周围长满了苔藓。如果是人为移动的话，一定会在苔藓上留下明显的痕迹，但是这里的苔藓长得十分茂盛，看起来好像什么也没有发生过。

“镇长先生，我想我已经知道答案了。”勘探了整个神庙的地形之后，查理又一次胸有成竹地将镇长拉到身边，凑在他的耳边娓娓地说出了自己的推理。

听到查理的回答，镇长震惊的表情难以用言语来形容。而周围的村民们也纷纷交头接耳起来，大家都很想知道查理和镇长究竟说了什么。

“这个男孩和我们福音镇还真是有缘，这一次，他果然解读了自然女神的神谕。”在大家好奇的窃窃私语中，镇长好不容易镇定了自己的情绪，朝查理挥了挥手道，“好吧，这次就

不为难你们了。我承诺的一定会做到，你们可以在这里再住两天。但我警告你们，如果还想打禁忌森林的主意的话，后果自负！”

“哦哦！太棒了！”看到镇长大人竟然被查理的推理所折服，艾谱莉兴奋地高举起手和查理、李维在半空中击掌欢呼。

“查理，你到底和镇长说了什么，他的态度竟然一下子转变这么大。”高兴之余，李维也好奇地打探起来。

“是这样的……”查理朝两个小伙伴眨了眨眼睛，把他解读的“女神神谕”一五一十地说了出来。

“原来如此！”艾谱莉又惊又喜，“你真的是太厉害了。可是，这么说来，这个地方到底有没有自然女神呢？”

“我想，其实自然女神只是这里村民的一种美好的向往吧。”李维插嘴说道，“就像是某些部落的人会信奉图腾一样。而真正保护这里人们生活的，却是这得天独厚的自然环境。这才是让福音镇的人们过着幸福平安生活的真正的‘自然女神’啊……”

A11 解答 ANSWER

Answer 11 解谜十一

第十四章

DEMON MASK OF THE GOSPEL TOWN

消失的艾谱莉

CHAPTER FOURTEEN

得到了两天的延期逗留权，查理、艾谱莉和李维的情绪都有些高涨，蹦蹦跳跳地回到了森林小屋。中年老板远远地就看到了他们三人，可是依然没什么表情。即使三人走进小屋，他依然冷冷地忙着自己手中的事情，似乎对他们毫不在意。

“老板，你可不要小看我们。刚才查理解读了你们自然女神的神谕，让镇长先生赞叹不已呢。”感觉中年老板十分轻视他们的样子，艾谱莉不服气地噘着嘴，将查理之前的精彩推理重现了一次。

“在福音镇有许多不可思议的现象。也许有些你能用常理解释，但是也会有一些现象你们永远不知道答案。你们三个小鬼胆子不小，不过我还是想提醒你们一句，在这里好好玩两天，欣赏一下美丽的风景，后天睡个好觉就赶紧离开吧。福音镇不适合你们。一般胆大的人闯入了禁忌森林里，只有两种下场：一种是消失，一种是死掉。另外，今天我做了蘑菇汤，可以给你们喝一点儿压压惊。”

破天荒地，老板竟然对他们说了一大堆话。

被老板提醒到禁忌森林的可怕，又情不自禁地回想起了禁忌森林的惊魂一夜，艾谱莉下意识地瑟缩了一下。

喝了老板的蘑菇汤，整个白天，三人都装作无所事事的

模样，在森林小屋附近闲逛。查理更是一本正经地拿着本子和笔，对着美丽的森林画画。当然，他没有忘记把自己和两个小伙伴的形象也画进了画面里，画完后，还在旁边非常认真地写下了日期和署名。

“你们这三个小鬼真是奇怪，又是解谜又是画画。不过，这幅画画得真不错，在风格上和我家里摆的那幅有点相似，我拿给你们看。”或许是因为查理解读了自然女神的神谕，或许老板很喜欢绘画作品，老板竟主动跟他们攀谈起来。

他转身从自己的房间里拿出了一幅珍藏的古画。

“这是我们中国的名作。老板，你是怎么得到的？”看到画卷，李维激动得叫了出来。

“呵呵，这可是我的爷爷漂洋过海去东方的时候花了大价钱买回来的。”老板微笑道，“据说名字叫作《午夜飘香》。不过，我一直有一个疑问，这幅画真的那么值钱吗？”

李维很认真地看着面前的这幅画，他沉吟了半晌，缓缓地说道：“老板，我想你可能是买到了赝品呢。”

“哦？你为什么这样认定呢？”旅店老板看着李维肯定的

旅店老板的那幅画：

Question 12 谜题十二

画面是一丛正怒放的大白花，花下还躺着一只圆滚滚的大花猫，瞳孔成一条缝。

李维为什么说这幅画是赝品？

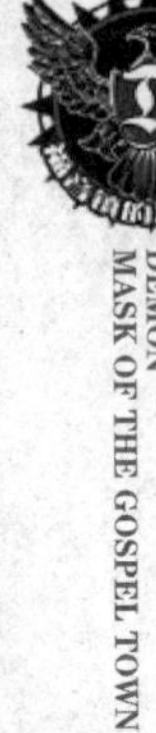

样子，忙不迭地问道。

“很简单，你仔细看，会发现这幅画上有许多自相矛盾的地方……”

对于李维的推理，老板无话可说，只好有些扫兴地说：“你说得很有道理。看来我爷爷当年也是被蒙骗了才会买下这幅画吧。不过，既然如此，那就把这幅画挂在旅馆的客厅里，当装饰看也挺好看的。”说罢，他便又拿着那幅画回旅馆去了。

查理赞许地看着李维：“画家善于观察，才能画出常人所不见之处。而推理的精妙之处也在于仔细观察。只要我们有心，一定能够找到事实的真相的。”

说完，三个小伙伴会心地一笑。

不过，谁也没有发现，背对着他们的老板的脸上，难得地露出了一丝不易察觉的笑容。

夜幕渐渐降临，与中年老板一起共进晚餐之后，查理假装要去睡觉，但暗地里却和艾谱莉、李维一起溜到了小屋的后门，做最后的谋划。

“这是我们最后的机会了。”查理仰望着一望无垠的深蓝色天空，情不自禁地喃喃自语，“现在，我真不知道究竟应该放弃，还是继续前进。”

艾谱莉说：“查理，你不是一直说人要勇敢地抓住每一次机会吗！如果我们因为被镇长警告就乖乖离开了，那我们之前所有的努力就都白费了！”

“自踏上福音镇的第一步开始，我就知道这不是一次顺利的旅途，但是每一次冒险，我依然期待奇迹出现。虽然我知道这样做显得我十分自私，但是艾谱莉——”

“是啊，查理，我也支持艾谱莉。如果不追究个水落石出的话，这样离开我真的很不甘心！”李维也附和道。

“查理，我不愿意就这样放弃。”

“我们再去一次禁忌森林吧！”似乎心有灵犀一般，三个人的想法又一次不谋而合。

艾谱莉把耳朵贴在老板房门上听了半天，确认老板的呼噜声是三长一短非常有节奏之后，便对两个男生做了个 OK 的手势，三个人趁着夜色又一次出门了。

一路上三个人都没有吭声，因为谁都知道，这是他们最后一次机会，如果这次再没有任何发现的话，他们只能一无所获地离开福音镇了。

呀呀呀呀呀——

刚刚过了小河，迎面飞来了一群乌鸦，黑漆漆的翅膀用力地扑闪着，却又迟迟不肯离去，久久地在半空中盘旋，让人不禁心慌意乱。

“怎么搞的，这么晚居然还有乌鸦。乌鸦可是不祥的预兆呢……”艾谱莉毕竟是个女孩，下意识地咬紧了嘴唇，双手紧紧地捏住衣服的下摆，走路的步子似乎也有些迈不开了。

“艾谱莉，其实乌鸦也很可爱哦。”李维见艾谱莉脸色有

些发白，灵机一动说道，“我们中国有一个故事叫作乌鸦喝水。说的就是从前有一只乌鸦口渴了，飞了好久好不容易才找到了水，可是那水却在一个很深的瓶子里，乌鸦嘴短，怎么都够不到。于是它想了想，飞到了不远处的森林里去寻找小鹅卵石，并且将鹅卵石扔进了瓶子里。就这样，鹅卵石越来越多，原本很浅的水面就渐渐地升高了。终于，乌鸦很顺利地喝到了水，又高高兴兴地赶路了。”

“好聪明呀。”艾谱莉完全被李维的故事给迷住了，“没想到小小的乌鸦竟然如此的聪明伶俐。”艾谱莉彻底忘记了害怕，眼神也变得明亮起来。

三个人继续在森林中前进。

因为之前已经有过一晚上被困森林的经历，所以他们很快就找到了当时自己在每一棵树上刻着的标记。查理走在第一个，艾谱莉走在第二个，李维则跟在最后，他们就沿着标记一路向前走去，经过了被荒废的温泉，潜入了森林深处。

“我怎么觉得今天这森林好安静？”查理若有所思地说道，“上次走的也是这条路，怎么今天一件怪事也没遇上？”

他的话音刚落，一道黑影便从离他们不远处的树丛中掠过，速度之快，让三个人一时都反应不过来。

“啊……查理！李维！你们看见了吗？”艾谱莉也看到了黑影，压低了声音惊叫起来。

“我看见了。”查理的声音一下子变得很干涩，“怎么说什么来什么……”

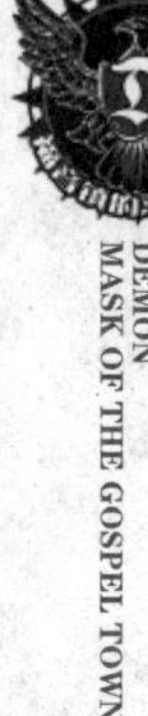

“那个，也许是经过这里的小动物吧。”李维故作镇定地劝慰两人，可是突然，一阵风吹过，三个人的视线也渐渐地变得模糊起来！

沙沙——沙沙——

一阵阵诡异的声音又响了起来。艾谱莉吓得紧紧地抓住查理的手，脸色也变得越来越惨白！

查理努力地睁大眼睛想要让视线变得清晰，终于，他发现了令他看不清前方的原因——不知道什么时候开始，森林里竟然起了大雾。

雾越来越浓，查理觉得自己好像穿越了时空一样，原本高耸入云的高大树木渐渐地消失了，只有一层又一层白茫茫的雾笼罩着他，让他迷失了方向。

“李维，艾谱莉，我看不清前面的路了。”他下意识地对身后的两个人说道，“我看我们还是尽快离开森林比较好。最好是我们三个人手拉手一起前进。”

“没问题。”李维的声音猛然从身边响起，把查理吓了一跳。查理和李维的手握在一起，李维温暖的手掌顿时让他忐忑的心平复了不少。

“艾谱莉，你快伸出手来。我们拉着手一起走。”查理朝着后面喊道，“千万别掉队……”

可是回答他的，却只是空寂的回音。

“艾谱莉？”查理心头一颤，突然想起之前艾谱莉还害怕地抓着自己的胳膊，那么艾谱莉应该一直紧紧地跟着自己才对。

“艾谱莉！”查理的心猛然收紧了，他大声地朝着四周喊了起来。

“艾谱莉！艾谱莉，你听见了吗？你是不是走远了？赶紧回来！”查理和李维手拉着手，在森林中发疯似的寻找，可是艾谱莉就像消失了一样，再也没有听见她那爽朗的声音！

而此时，整个森林已经彻底被雾霭所笼罩，查理的眼前白茫茫的一片，如果不是用手去摸索，根本无法前进。

“艾谱莉……”找了好久，查理和李维累得瘫坐在一棵树下，无精打采地垂着头。

“她到底去了哪里呢？”

“查理，你还记得福音镇的传说吗？”李维突然想到了什么，有些惊恐地望着查理。

“我记得……”查理想起了旅店老板的话——

在福音镇有许多不可思议的现象。也许有些你能用常理解释，但是也会有一些现象你们永远不知道答案。你们三个小鬼胆子不小，不过我还是想提醒你们一句，在这里好好玩两天，欣赏一下美丽的风景，后天睡个好觉就赶紧离开吧。福音镇不适合你们。一般胆大的人闯入了禁忌森林里，只有两种下场：一种是消失，一种是死掉。

一瞬间，查理和李维似乎都意识到了什么，惊恐万分地看着对方——

难道黑暗精灵真的存在？因为触犯了禁忌，所以艾谱莉受到惩罚……消失了？

在一阵极度恐惧之后，查理和李维陷入了死一般的沉默。

查理想起了和艾谱莉在一起的美好时光。

他们曾经针锋相对过，也曾经并肩作战过，艾谱莉是那种大大咧咧的女生，甚至有些男孩子气，虽然每次看到钱都会双眼发亮，但是只要查理有什么事情，艾谱莉总是第一时间伸手援助，甚至牺牲了自己的利益也在所不惜。

所谓的好朋友，也许就是艾谱莉这样子的吧。

虽然她经常会闹笑话，也会因为太过于暴力惹得查理很尴尬，但是一直以来，在查理的冒险之旅中，都有着艾谱莉的一席之地。现在艾谱莉的位置空了，查理有说不出的失落感，有些鼻子发酸，觉得特别无所适从。

"不……艾谱莉是为了我才出来冒险的。我怎么能够让她消失？"突然，查理握紧了拳头猛然站了起来。

"是！我看过许多书，这个世界上虽然有很多未解之谜，但是一个人不可能凭空消失！"李维也被查理点燃了斗志。

"李维，我想我们应该仔细回想一下之前发生的所有事情，或许会有寻找艾谱莉的突破口！"

"好！"

"我们之前进入了森林，艾谱莉显得很害怕。之后，你说了乌鸦的故事逗她转移了视线。我们就沿着做过的标记在森林里前进。"

“是的。之后突然看到了一道黑影，我们都有些害怕，这个时候刮起了风，后来就出现了莫名其妙的大雾。”李维紧接着说道。

“嗯……当时三个人的位置是这样的：她走在我们两个人中间，出现黑影的时候，她曾经抓住过我的手。”查理又仔细地回忆道，“当时她非常害怕，我的手臂都被抓红了。”

“嗯。后来雾变得越来越大，你提议让我们都手拉手前进——”

“慢！”

查理打断了李维的话：“在我说手拉手的时候，艾谱莉已经松开了我的手臂。我记得清清楚楚。”

“也就是说，艾谱莉为什么在那个时候会放开你……只要我们能解开这个谜题，就能够知道艾谱莉为什么会消失了。”李维立刻明白了查理的意思。

“是的。我想，也许这森林里或这个福音镇上，还存在着我们未曾看见的一面。”查理若有所思地说道。

天色又渐渐地亮了起来，森林中的雾气渐渐地散去，查理和李维沿着原路走出了森林。虽然一晚上没有休息，但是两人的眼中依然闪烁着光芒，查理甚至觉得自己的精力，好像更加充沛了。

A12 解答
ANSWER
Answer 12
解谜十二

第十五章

DEMON MASK OF THE GOSPEL TOWN

团结一心的小伙伴

CHAPTER FIFTEEN

“李维，之前镇长警告过我们，如果再次擅自进入禁忌森林，就必须立刻离开福音镇。”走出森林后，查理皱着眉头，“所以我们接下来首要的事情，是千万不能暴露我们昨晚的行动。”

“嗯，我同意。但是我们还必须想办法找到艾谱莉。”李维点了点头，想到自己的小伙伴可能现在深陷危机，表情又变得十分复杂，“只是我有点怀疑……光靠我们两个人的力量，真的能够找到艾谱莉吗？”

“我们两个人的力量的确很渺小，不过自从我来到福音镇，就总觉得这个镇子有一些与众不同的地方，虽然我也说不清

到底哪里不一样。不过就像我们在森林里推断的那样，我也很认真地回想了一下我们来到福音镇之后发生的事情。李维，你有没有发现，从我们抵达这里开始，杰森的戒指、镇长的警告，所有的信息就都指向了禁忌森林，让我们觉得所有的秘密都在禁忌森林里。”

“经你这么一说，我也意识到了。”李维连连点头，“你的意思是……”

“我想去福音镇上走一圈，先去了解一下这个小镇。我们来了这么久，也只是在镇上的旅馆里待着，对于福音镇的一切，我们反而一无所知。”

“好！”

走出森林之前，李维和查理就已经达成了共识，决定等到夜晚，再度进入禁忌森林寻找线索，白天就以游客的身份先去福音镇上碰碰运气。

福音镇说大不大，说小也不小，差不多逛上一圈需要大半天的工夫。查理和李维装作游客的样子，好奇地在镇上逛来逛去。一天下来，他们却没有太多的收获。

不过，在这期间，李维意外发现，村里有几个小孩子正在玩一种很特别的游戏。

小孩子们拿着一种奇怪的粉末，洒在空地上，并用火柴点燃粉末。说来也奇怪，粉末遇到了火竟然很快地燃烧了起来，发出五彩斑斓的火光。

“小朋友，这是什么？”查理心中一动，快步走上前去。

“哦，这是艾瑞克哥哥给我们的魔术粉末！”小孩开心地说道，“马上就要开烟火大会了，我们又能看到神奇的表演啦！”

“烟火大会？”查理继续追问道，“每年都会有吗？”

“是啊，每年我们都会举办一次烟火大会，那是整个福音镇最好看的时候！所有的人都会穿上漂亮的衣服，还可以参加很多精彩的节目！”

“那你能告诉我，最好看的节目是什么吗？”查理继续问道。

“最好看的，当然是艾瑞克哥哥的魔术表演啦！”小孩的脸上露出了既骄傲又崇拜的表情，“艾瑞克哥哥是我们这里最有名的魔术师，他有一台非常厉害的机器，可以放出很多种

不同的声音！他还可以把任何东西从一个地方变到另外一个地方去。去年，他把镇长最宝贵的一块自然之石，变到了自己的口袋里，结果镇长急得满镇子好找。不过后来，居然在他自己的口袋里找到了呢。”

“哈哈哈哈……哈哈哈哈！”

小孩绘声绘色的描述，让周围的一群孩子都乐不可支，查理也忍不住扑哧笑出了声，他完全能够想象，镇长发现自己最宝贵的东西不见的时候，那副着急的样子！

“那么，你能够告诉我，艾瑞克哥哥住在什么地方吗？”

“我才不告诉你呢！”小孩子一边肆无忌惮地嚷嚷，一边飞快地跑走。

“唉，这些小孩比大人还难搞！”李维无可奈何地摊摊手，委屈地抱怨道。

对此，查理表示十分赞同，可他仍旧不死心地在嬉闹的小孩子中寻找突破点。不经意间，查理瞥到一个独自坐在角落里，闷闷不乐的小男孩。

查理连忙快步走过去，努力露出“善解人意的大哥哥”的亲切笑容，和声细语地问道：“小朋友，你怎么一个人坐在这里，不跟大家一起玩吗？”

“哼，我才不和他们玩呢！杰西偷走了我的玻璃珠还不承认！我讨厌他！”小男孩噘着嘴，愤愤不平地指着孩子群中的一个年龄相仿的男孩说道。

“偷了你的玻璃珠？怎么回事？”

小男孩警惕地看了查理一会儿，觉得查理不像是坏人，渐渐放松了防备心，委屈地把丢失玻璃珠的事说了出来——

小男孩的名字叫麦克，杰西是他的好朋友，两人常常在一起玩，不远处有间废弃小屋就是他们的秘密据点。

麦克有几粒特别漂亮的玻璃弹珠，杰西对此羡慕不已。前几天，两人在秘密据点一直玩到天黑，麦克发现最喜欢的玻璃弹珠不见了，怀疑被杰西拿走了。可是杰西说什么也不承认，还大骂麦克冤枉好人。两人因此打了一架，从此就再也不理对方了。

“因为几个玻璃弹珠就和朋友翻脸，太不值得了！”听完麦克的哭诉，李维开导道。

“你懂什么！”麦克像个小大人似的，不满地白了他一眼，气呼呼地说道，“如果杰西想要弹珠的话，我可以统统送给他，但他为什么要偷呢？这是对朋友的背叛！”

李维竟然被麦克一连串的质问噎得哑口无言，一时间不知说什么才好，只好尴尬地讪笑几声，朝查理投去求助的眼神。

查理忍住笑意，抬头望向事发地——麦克和杰西的秘密据点——那是一栋荒废已久的小屋，到处散落着破碎的瓦片和木头，空荡荡的一个人影都没有，唯有几只乌鸦时而在上空盘旋着，发出难听嘶哑的叫声。查理聚精会神地望了好一会儿，蓦然出声说道：“说不定，真正的小偷不是杰西。”

“秘密据点里只有我和他两个人，不是他，难道是我吗？”麦克不满地挥着小拳头。

杰西是不是小偷：

为什么查理断言杰西不是小偷？你猜到了吗？

“谁说当时只有你们两个人在场？”查理意味深长地说道，“我可以帮你抓住真正的小偷，不过作为交换，你能告诉我们艾瑞克的家在哪里吗？”

麦克低头沉思了几秒钟，认真地点点头：“能！”

查理满意地点点头，随即把自己的推论毫无保留地告诉了麦克——

听完，麦克愣了好一会儿，不相信地瞪着他：“你不是在骗人吧？这怎么可能？”

“如果你不相信的话，亲自去确认一下吧，我们在这里等你！”查理并不替自己辩解，耸耸肩膀提议道。

“好！”麦克二话不说，撒腿就往秘密据点跑去。片刻的工夫，他兴冲冲地跑回来，手中竟然握着好几颗玻璃弹珠，边跑边欣喜若狂地喊道：“找到啦！真的找到啦！哈哈哈，太棒了！”

听到麦克胜利的欢呼声，李维面带笑容地看着查理，表示对他的推理十分佩服。

“谢谢你，大哥哥！”麦克蹦蹦跳跳地跑到查理面前，对他深深鞠了一躬。

“麦克，正因为是好朋友，所以才要信任对方，不是吗？”

查理腼腆地淡淡一笑，轻声说道，“现在，你可以告诉我们艾瑞克住在哪里了吗？”

“嗯！他就住在镇上最高的那栋房子里！”

“那……不是镇长的家吗？”李维迟疑了一下，说道。

“是啊，艾瑞克哥哥就是镇长的儿子！”麦克老实地点点头，“不和你们说啦！我要去找杰西道歉，是我误会他了！”说着，麦克朝他们挥挥手，转身朝孩子群里跑去。

“好奇怪。镇长的儿子，竟然是个魔术师？”李维回味着麦克的话，若有所思地说道。

“魔术师是凭借迅速的手法利用人的错觉，制造出普通人看不透的神奇现象。”查理的眼睛滴溜溜地一转，对李维说道，“可以想象，在这样一个崇尚自然的小镇上，魔术师能够为他们朴实的生活带来多少乐趣。”

“是啊，我还记得我很小的时候，有一支欧洲的魔术团来东方巡演。当时我的父亲买了最好位置的门票带我去看了这场演出。我印象非常深刻的是，魔术师的开场表演是从空空的双手中变出了一大群飞舞的白鸽！”

回想起自己的幼年时光，李维目光闪烁。当时他是家中最小的孩子，成绩优异，知书达理，几乎是家族中当之无愧的继承人。父母对他都疼爱有加，经常带他到处游玩，并想尽一切方法让他大开眼界。

但是那次魔术团的表演，是李维最后一次和父母在一起的记忆。那之后没多久，他就被父亲送上了前往欧洲的客轮。

李维深深地记得，出发的那天，父亲没有像平时一样早早起床喝茶、看报，而是闭门不出，只有母亲在码头送他。开船后，汽笛高鸣，故土渐渐地远离他的视线，母亲含着热泪依依不舍地挥手道别直到变成了一个很小很小的黑点儿……

从此以后，李维就再也没有和父母见过面，陪伴他的只有一张泛黄的相片——照片里一家三口紧紧依偎在一起，父亲伟岸沉着，母亲温柔善良，小孩天真活泼——那是李维心中最幸福的时光。

“李维，我想，也许这个艾瑞克，是一条全新的线索。”查理的声音，将李维拉回了现实之中。

“是的，既然他是镇长的儿子，那他对福音镇的一些事情也一定十分了解。不如，我们去见一下他吧。”

两个少年一边说一边朝着镇上最高的一栋房子走去。刚靠近这座红顶小木屋，他们就看到了一个十分阳光的小伙子正在门前的花园里浇花，他看起来有十六七岁的样子，留着飘逸短发，棕黑色的眼睛微微弯成了月牙，看起来十分英俊。

“你好！请问你是艾瑞克先生吗？”查理礼貌地询问道。

“嗨，两位福音镇的客人，你们好！”年轻人扬起脸来，露出一个善意的笑容。

“艾瑞克先生，听说你是个魔术师？”查理试探地问道。

“是啊。查理，请直接叫我艾瑞克好了。在福音镇上，大家都是这样称呼我的呢！”没想到艾瑞克不仅大方地承认了自己的身份，还非常热情地与查理他们聊起了家常，“我想，你就是我父亲口中所提到的查理吧。我听说你为我父亲解开了自然女神的神谕。真了不起！”

这个艾瑞克和又凶又古板的镇长相比，简直就是和善可亲的天使啊！查理和李维相视一笑，心情也放松了不少，便和艾瑞克攀谈起来。

“听说你们来自很远的地方？”艾瑞克似乎对镇子外面的世界非常有兴趣，“是坐火车来的吧？好羡慕啊！”

“你没有坐过火车吗？”查理有些意外。

“没有。”没想到艾瑞克却摇了摇头，有些伤感地说道，“我从来没有离开过福音镇，从小我就特别喜欢天上飞翔的老鹰，因为我羡慕它可以自由自在地飞到自己想要去的任何地方。我却不可以。”

“为什么？你不是镇长的儿子吗？”李维大吃一惊，“你看，我是个东方人，我的家在更远的地方，我很小的时候，我爸爸为了让我能够见到更多更大的世界，就送我漂洋过海来到了欧洲。难道镇长——哦，是你爸爸，不是这样想的吗？”

“唉……”艾瑞克轻轻地叹了一口气，“其实一开始我爸爸的确是这样想的。但是很多年之前……”

艾瑞克招呼查理和李维进了自己家，给两位小客人煮了一壶茶，又走到一旁，打开了一个非常精美的唱片机。看起来，艾瑞克还是一个非常讲究生活品质的小伙子呢。这和他的父亲可一点都不像。

在悠扬的歌声中，艾瑞克缓缓地说出了自己的故事……

A13 解答
ANSWER
Answer 13
解谜十三

15
团结一心的小伙伴
Demon Mask of the Gospel Town

第十六章 十年前的福音镇

DEMON MASK OF THE GOSPEL TOWN

CHAPTER SIXTEEN

如果不是十年前福音镇出了一件大事情，也许艾瑞克现在正坐着火车游历海湾王国，体验别样的生活方式，享受人生的精彩瞬间。

艾瑞克还记得，那天他像平常一样，和几个好朋友在村子里玩耍，突然，不远处传来了一阵奇怪的声音。

几辆雄赳赳气昂昂的“铁皮马车”浩浩荡荡地开进了福音镇，后来，艾瑞克才知道那是汽车，但是对当时的他来说十分新奇。

坐着汽车来到福音镇的，并不是一些观光客，而是一群

十分特殊的人。他们穿着古怪又臃肿的迷彩服，踏着厚重的野外探险皮靴，头上还戴着一盏可以随时开关的探照灯，背着大包小包，风尘仆仆地闯入了福音镇。

在艾瑞克的记忆中，这是福音镇第一次迎接那么多外人。一共来了十八个陌生人。根据他们的自我介绍，原来他们是一群皇家地质考察队员，这次来到福音镇，是想要考察福音镇的地质风貌，并且通过考察和研究，将福音镇申报为海湾王国的森林保护区，作为重点生态保护对象。

这支考察队的队长，是一位做了一辈子地质研究的老教授，大家都亲切地喊他布朗教授。队员们也年龄各异，大部分都是刚刚从海湾皇家学院毕业的有志青年男女，还有体力过人、长年累月在野外工作的专业开采者。

知道了他们的来意，镇长非常高兴，大摆筵席欢迎远道而来的客人们，甚至，他与村中几位德高望重的前辈一起商量决定，为考察队搭建一座全新的福音镇旅馆——森林小屋。镇上的年轻人也纷纷拿出了他们的看家本领，将福音镇古老的风俗禁忌、信仰习惯和部落舞蹈都一一告诉了皇家地质考察队员。镇上的孩子们也特别喜欢和这些地质考察队员黏在一起。

地质考察队在福音镇停留了大约有一个半月，他们白天忙着在福音镇周边仔细考察地貌，忙着将发现的每一块石头编号，忙着记录各种让人看不懂的纷繁笔记……闲暇的时候，他们又总是像变魔术一样，从随身的大背包里翻出各种各样

有趣的小玩意儿，给孩子们讲述外面世界的故事。

艾瑞克就是在那个时候认识了一位年轻的女地质学家，她叫玛利亚。玛利亚对艾瑞克就像亲姐姐那么亲切，她告诉艾瑞克，在很远的地方，有一种和福音镇的小河截然不同的水域——大海，而大海的颜色是世界上最漂亮的颜色。

“玛利亚有一双漂亮的蓝色大眼睛，笑起来特别地好看。那时候我就想，也许大海的颜色就是玛利亚眼睛的颜色吧。我也暗暗下了决心，等我长大之后一定也要走出福音镇，去远方看看大海，听听海风的声音。”

“我每天都缠着玛利亚玩，她是个喜欢纸牌游戏的活力女孩。不管走到哪里，她都会随身掏出一副扑克牌。这副牌

就是她送给我的礼物，她常常说看似平凡无奇的扑克牌里，隐藏着许多秘密……”说着，艾瑞克从随身的口袋里掏出了一副老旧的扑克牌，一看便知道，艾瑞克曾经无数次地拿着扑克牌怀念友人。

扑克牌里的秘密？查理诧异地看了李维一眼，却见后者频频点头，似乎极为赞同玛利亚的说法。回头要跟李维好好请教一下，查理暗暗思忖道。

“之后，她便和地质队的同伴一起进入禁忌森林考察……”

艾瑞克的声音渐渐地低沉了下去，查理微微皱了皱眉头，迅速地和李维交换了一下眼神。

“在这之前，玛利亚其实已经出入过很多次禁忌森林。啊……那个时候，禁忌森林还不叫禁忌森林，而是叫作福音森林。过去，我们每年都会在森林的温泉边举办很多活动，比如篝火节、纳凉晚会等等。可是，谁也没有想到，这一次玛利亚进入森林之后，就……再也没有出来了。”

“你的意思是……玛利亚消失了？”

“是的。严格说来，就是消失了。整整 18 名地质考察队员都没有再出来。我爸爸率领镇子上所有的年轻人进入禁忌森林去寻找，最后，就连政府也派了大量的士兵前来进行搜索，但都一无所获。就这样，爸爸对外封锁了小镇，并且将福音森林改名为禁忌森林，那里面的温泉每年还是会突突地冒出地下优质的泉水，可是再也不会重现从前的模样了。”

艾瑞克说着，低垂着头，声音也变得越来越无力：“也就

是在这时候，我爸爸也取消了对我的承诺，他不希望我离开福音镇，我只能永远作为福音镇的一分子留在这里。”

“那你为什么会做魔术师呢？”查理突然又想到了什么，好奇地问道。

“玛利亚他们的到来，给我们带来了很多不一样的东西，特别是布朗教授，他在这里曾经开设过一段短期的布朗课堂，专门给我们镇上的孩子们讲解一些有趣的科学现象，并且带我们做了不少实验。”

“科学现象？艾瑞克，你还记得布朗教授带你们做的是什么样的实验吗？”查理的眼睛蓦然亮了起来。

“当然记得啦！有一次，布朗教授教我们如何不用火种就能够点燃稻草堆。他是选择中午太阳最好的时候，利用有凸面的大块玻璃对准稻草堆完成的。阳光透过大玻璃的凸面在地上形成一个很亮的光点，温度也迅速升高，最后就把稻草点燃了。印象最深的一次是面粉爆炸试验，当空气中飘浮着大量面粉颗粒时，遇到明火就很有可能发生爆炸，教授说威力一点都不亚于炸弹……

“后来，因为地质队员们的失踪，我渐渐地忘记了这些事情，直到有一天，我在森林小屋旅馆里找到了玛利亚没有带进森林的旅行箱，并且在里面找到了一本书，名字叫作《生活中的魔术师》，我很认真地研究了这本书里面的每一句话，我发现，其实只要你有心，就可以把任何自然现象用科学的方式变成一种魔术，给人们带来惊喜。

“所以，虽然不能离开福音镇，但是我立志成为福音镇第一个魔术师。现在我也做到了。每年烟火大会，我都可以用化学反应制作一些别出心裁的烟花，给全镇的人们带来快乐。”

查理的眼中闪过了一道光芒，他微笑着看着艾瑞克，又望向一直在不知疲倦歌唱的唱片机：“艾瑞克，我想问问，这台唱片机，是不是也是玛利亚送给你的礼物呢？”

“嗯，是的。”艾瑞克走过去轻轻地抚摸着这台唱片机，声音里充满了淡淡的遗憾，“玛利亚让我知道原来人的声音也是可以通过特殊的方法保存下来的。可是我却没有来得及把她的声音保存下来。不过，我会永远记得她呢。”

说完，艾瑞克又非常充满期待地望向查理和李维，真诚地说道：“其实……我听说我爸爸和你们之间的约定了，你们想要找的东西好像还没有找到吧？虽然我爸爸是个很古板的人，可他的心十分善良，他一定不希望你们遭遇什么不幸才那么凶地对待你们。虽然……我帮不上你们什么忙，但是我衷心希望你们能够完成心愿。”

“嗯！”查理用力地点了点头，“我们还想要试试看丢失的东西是不是能找到。现在就要走了！谢谢你！”

唱片机里的女声还在幽幽地唱着歌，艾瑞克站在那里，望着查理和李维远去的方向，心情久久不能平静。

从艾瑞克家里出来后，查理就迫不及待地向李维——这个“活的百科全书”问起了扑克牌的秘密：“扑克牌里竟然还有秘密？快说说，它能有什么秘密？”

李维边走边笑:“查理，你怎么跟艾谱莉一样，对什么都感到很好奇? 唉，不知道艾谱莉现在在哪里……”

查理听到艾谱莉心里咯噔一下，随即安慰李维，更像是自我安慰道:“艾谱莉那么聪明，一定不会有事的……你还是快说说扑克牌的秘密吧……”

“其实，扑克牌没有什么所谓的秘密，只是它十分奇特，看似寻常的花色点数其实都代表着特定的意义。”听了查理的话，李维心里顿时安心不少，于是娓娓道来，“扑克牌的 4 种花色黑桃、红桃、梅花和方块，分别代表一年中的春、夏、秋、冬四季。黑桃、梅花为黑色，即代表黑夜;红桃、方块为红色，即代表白天……”

“哇，真奇妙……”

“另外，扑克牌中的字母也别有深意。比如，“A”在扑克牌中指“至尊”，意为扭转乾坤之王牌；“K”指“国王”；“Q”指“王后；“J”指的是“宫内的仆人杰克”。扑克牌中的 J、Q、K 共 12 张，代表一年有 12 个月。除大、小王外，共有 52 张牌，意思是一年有 52 个星期，而扑克牌中每种花色共 13 张，意指每个季节正好 13 个星期。如果把扑克牌的点数相加，J 作 11 点，Q 作 12 点，K 作 13 点，大、小王各作半点，正好 365 点，表示一年有 365 天……”

…………

第十七章

DEMON MASK OF THE GOSPEL TOWN

地质学家的墓碑

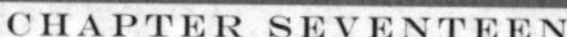

CHAPTER SEVENTEEN

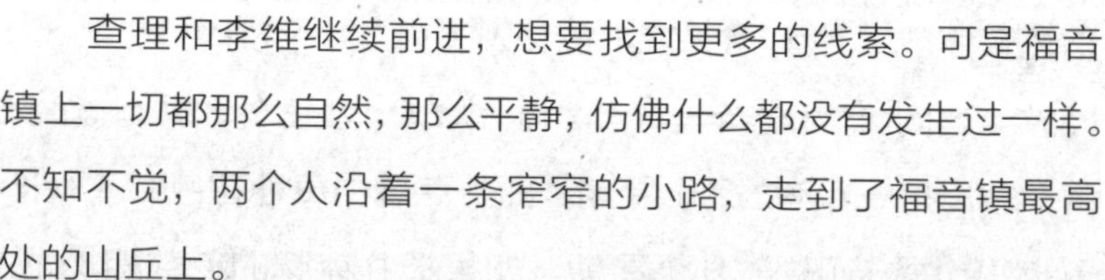

查理和李维继续前进，想要找到更多的线索。可是福音镇上一切都那么自然，那么平静，仿佛什么都没有发生过一样。不知不觉，两个人沿着一条窄窄的小路，走到了福音镇最高处的山丘上。

“查理，会不会真的一切都是福音镇的诅咒？就像艾瑞克说的那样，地质学家的故事都是真的，而艾谱莉也已经和地质学家一样，被带进了另外一个世界……”李维还是有点担心艾谱莉。

“不，李维，你知道在海上航行的时候，遇到暴风雨之前

的情景吗？”查理眺望着远方的风景，幽幽地说道，“暴风雨来临之前，大海会出奇地平静。海面是深蓝色的，特别是在夜里，你会发现天空从来没有那么宁静过，一切都美好得不像话。然后突然，狂风大作，乌云如同棉絮一样黑压压地从四面八方涌动过来，然后闪电、暴雨、雷鸣……一股脑儿地冲你而来，如果你不是一个有经验的水手，你就会被大海吞没……”

“你的意思是……”聪明的李维很快理解了查理话中的含义，“我们现在所见到的一切，都只是福音镇给我们的表面假象，我们必须要找到这些安静背后的线索，才能赶在暴风雨来临之前离开？”

“没错。”查理的眼中闪烁着光芒，也许是海上暴风雨的故事让他又一次想到了自己的父母，他坚定地说道，“我不会接受黑暗精灵的诅咒这种说法的。我一定要找到艾谱莉消失背后真正的秘密！”

突然，查理的目光凝聚在远方，久久地不能挪开。

“李维，你看！那是什么？”

顺着查理的视线，李维发现，从高处俯瞰福音镇，这里的每一座小木屋顶上，似乎都被做了什么特别的记号。

如果单独看一栋小木屋的话，根本不会发觉什么异常，也只会把这个记号当作风吹日晒之后留下的斑驳痕迹罢了，但是当站在查理和李维的角度，从最高点将整个福音镇当作一个大平面的话，就会很明显地看出，这些记号竟然可以串

联起来，变成一个……

“一个大箭头！”

李维和查理异口同声地说道。

“谁会在福音镇的房子上面做这样的记号呢？”李维不解地问道。

“我想，福音镇上的人应该都不知道这些标记的存在。”查理想了想，“如果我没有猜错的话，做下这些记号的，就是十年前消失的那群地质学家。”

“这个巨大箭头很明显是指向了禁忌森林啊。”李维盯着这些记号，喃喃地说道。不仔细看的话，真的很难察觉出这个箭头的存在。

“是的，所以，李维，我想十年前在禁忌森林里，不，那时候还叫作福音森林，一定发生过什么。而我们需要寻找的线索，一定还在那里！”

说完，查理拉上李维，不由分说地就朝着禁忌森林的方向跑去。

呼哧——呼哧——

查理和李维因为快速的奔跑，大口大口地喘着气。不一会儿，两人已经越过了小河，来到了禁忌森林的入口处。

“李维，现在我们可能要揭开福音镇那些不为人知的秘密了！”查理深吸了一口气，平复了一下情绪。

“嗯！好！我相信我们的冒险一定是有意义的！”李维的话，

像是给查理注入了一针强心剂，两人相视一笑，便毫不犹豫地第三次走进了禁忌森林。

顺着之前在禁忌森林中留下的记号，两人轻车熟路地来到了禁忌森林的深处，可是森林一如既往地沉睡着，他们沿着记号反反复复走了三四遍，却还是一无所获。

但是因为是白天，查理和李维得以更清楚地看清禁忌森林的模样。这里的一切都在野蛮生长，几乎没有人类大规模活动的痕迹，显然是好久没有人来过这里了，地面上都是枯败腐烂的树叶，那座被遗忘的温泉上也铺满了墨绿色的苔藓，看起来说不出的阴森恐怖。

就在他们渐渐有些灰心丧气的时候，查理却意外感觉到了一阵不同寻常的风。随即，他意外地发现，风吹过来的地方是一道岩石屏障。

“好奇怪。这里明明已经没有路了，怎么会有风呢？”查理奇怪不已，上前用手敲打了岩石一番，发出了“空空”的声音。

“李维，你听！”查理好像发现了什么，又一次用力地敲打起岩石来。

“空空——空空——”岩石的声音十分清脆。

“这个岩石，好像是空心的，难道是个活动的暗门？”李维和查理交换了一个眼神，两人默契地后退一步，运足力气试着推动岩石。

“呜……”查理的脸蛋憋得通红，不擅体力劳动的他，这次可是拼上了全部力量。

然而，岩石却岿然不动。

两人合力试了几次，直到累得气喘吁吁，汗流浃背，岩石也没半分妥协。

“难道我们搞错了？”折腾了大半天，查理终于举手投降，倚靠着岩石慢慢滑倒在地，无可奈何地拍拍石壁，无力地说道。

李维苦笑几声，转头正准备说点什么，目光不经意落在附着在石壁上的一大块苔藓上，他下意识地伸手擦拭，突然，累到几乎失神的眼睛骤然一亮：“查理，你看这是什么东西……好像有几个简易的图形！”

“图形？”查理一愣，强撑起身体，循着李维的手看去，果然看到几个雕刻在石壁上的几何图形。也许是因为经历过

太多沧桑的岁月，这些雕刻的图形被雨水冲刷得难以辨认。再加上岩石表面长出一层墨绿的苔藓，更加难以辨认。

两个少年把头凑在一起，专心地辨认着上面的图形。

“荒郊野外，怎么会有人在岩石上刻题目？太奇怪了吧！”李维喃喃地说道。

“是密码门。”查理见怪不怪地说道，“我和小莉在夏宫里，遇到很多类似的密码。”

“只要解开题目，就能打开这块石头吗？”

“大概。”

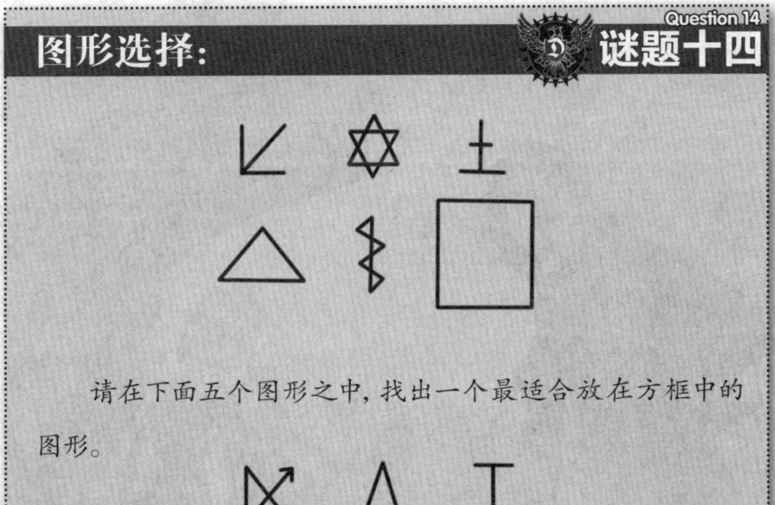

请在下面五个图形之中，找出一个最适合放在方框中的图形。

“既然如此，我们来试试看吧！幸好是解密码，若是拼蛮力，咱俩铁定输了！”李维转了转眼珠，倒是松了一口气，庆幸地说道。

受到李维的感染，查理的心情顿时也轻松许多，两人会意地对视一眼，随即把注意力重新转到岩石谜题上。

“我想到这几个图形之间的规律啦！既然如此，正确答案一定是……”

查理的眼睛里闪烁着自信的光彩，他毫不犹豫地按下其

中一个图形。

哗啦——不可思议的一幕发生了，在查理按下图形的瞬间，岩石竟然自动翻转起来！

“答对啦！”

查理和李维惊喜地大声欢呼，兴奋地相互击掌，迫不及待地一前一后钻进打开的岩石缝。

万万没有想到的是，暗门后面的世界，竟然美丽得犹如仙境一般。

这里俨然还是一个原始森林，但是与之前查理他们见到的禁忌森林大有不同，这里看起来是那么的美好。到处都是参天大树，枝繁叶茂，宽大的树叶在天空中连成了一片，仿佛整个世界都被绿色笼罩了。地上的嫩绿色小草像一层厚厚的绒毯，每走一步都又松又软，说不上来的舒服。阳光透过树叶的缝隙照射在地面上，晃动出层叠的光影。丛林中还四处绽放着美丽的花朵，蜜蜂忙忙碌碌地经过，小鸟不知疲倦地啁啾着，甚至有时候，还会看到异常活跃的小松鼠从这棵树跳到了那棵树上，腮帮子鼓鼓囊囊的，塞满了好吃的果仁。

微风拂过，树叶沙沙作响。查理和李维情不自禁地停住了脚步，呆呆地看着周围的一切，感觉自己好像来到了梦中的童话世界。

“怎么回事？这里怎么会有两片不一样的森林？”李维有点不敢相信自己的眼睛。

“李维，看来，事情真的不是如我们所看到的那样简单。我们继续前进吧！现在，我更想尽快解开这个森林的秘密！”

查理斗志昂扬地与李维对视了一下，两个小伙伴便相互扶持着向着森林深处走去。这片森林比岩石暗门之外的森林要大得多了，但是因为风景实在是太美丽了，两人走了好久也没有觉得疲倦，等意识到时间的时候，才发现自己离入口处已经很远了。

“查理！你快看，那是什么？！”突然，李维指着前方惊奇地叫了起来。

顺着李维手指的方向，查理发现，前方竟然有一片与众不同的景象——几十株苍天大树排列成了一个规整的圆形，而透过大树，可以看到里面竟然是一片平整的草地。

“走，我们去看看！”

当查理和李维拨开树枝走进了平地之后，眼前的一切更是让他们惊呆了！

这里的一切对查理来说，竟然那么的熟悉……

平整的草地上，立着一块写着不少文字的灰色大理石块，而石块中央，却挂着一具黑色肃穆的十字架。

每年父母忌日的时候，苏菲管家都会为查理换上黑色的小西装，然后巴特管家就带着他前往一个和这里很像的地方，去祭拜早已和自己阴阳相隔的父母。

这里——竟然是一个墓地！

“难道这里是福音镇的公用墓地？”李维也意识到这里的不同寻常。

而查理已经一个箭步冲上前去，仔细研究起这块墓碑上的每一个字来。

“杰森……”

可是，当他念出了大理石墓碑上的名字的时候，整个人都震惊得颤抖了起来！

“怎么可能？这……这竟然是杰森的墓地！”

查理揉了揉眼睛又仔细地看了一遍大理石墓碑，一点没错，上面清清楚楚地写着杰森的名字，还注明了他的死亡日

期——就在查理他们来到福音镇的前一天。

也就是说，杰森来到了福音镇，但是他却死了!

查理难以置信地捂住了自己的眼睛。他怎么也没有想到，虽然他终于在禁忌森林中找到了杰森的下落，可是，再也没有机会和杰森当面对质了。

“查理，查理。”就在这时，李维的声音将查理几乎奔溃的思绪拉了回来。

“这里好像不仅仅只有这么一座墓碑哦。”李维带着查理向前走去，查理这才发现，杰森的墓碑因为比较新，所以让人一眼就看到了，而在杰森墓碑后方几十米远的地方，还有十几个看起来比较破旧的十字墓碑。

“这是……”

杰森死去的消息已经让查理备受打击，可是眼前的景象更是让他大吃一惊。查理和李维上前一一拨开破旧墓碑上的落叶杂草，一个个地看了起来，上面写着各种各样的名字，突然，两个熟悉的名字闯进了他们的视线。

布朗教授……玛利亚……

“这是那些地质学家的墓碑！”查理和李维异口同声地说。

Answer 14
解谜十四
A14 解答
ANSWER

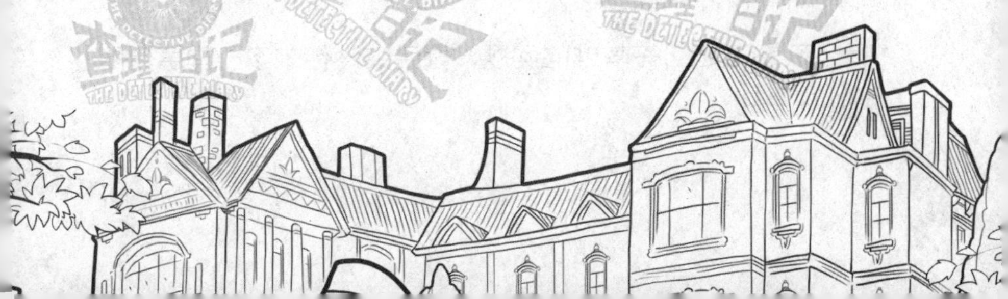

第十八章

DEMON MASK OF THE GOSPEL TOWN

原来撒谎的是他

CHAPTER EIGHTEEN

“消失的地质学家，消失的杰森，竟然都已经去世了，被埋在禁忌森林最深处。他们是怎么死的？是谁把他们埋葬了？还有那道岩石暗门……”李维迅速地思考着，将一路上所见到的事情串联成一系列的问题，连珠炮似的问了出来。

“还有艾谱莉！她也消失了，难道她也……”想到艾谱莉可能也已经遭遇不测，李维的话语也有些哽咽了起来。

啪啪啪——啪啪啪——

不等查理回答李维的问题，背后突然传来了一阵急促的脚步声！

“谁？！”

查理和李维警觉地一个回头，看到背后不知何时出现了一个怪人！

那个人穿着宽大的黑色长袍，说不出的诡异，更诡异的是，他的脸上还戴着一副非常可怖的面具，面具上的人脸有着铜铃般的眼睛，龇牙咧嘴地“瞪”着查理和李维，好像随时就要把他们两个人撕成碎片。

“你们将成为禁忌森林第 20、21 个消失的人……”怪人突然开始说话，阴冷又低沉的声音令人不寒而栗。

“你是谁？！”李维下意识地捡起了石块，作势就要朝怪人身上扔去。

“我是守护这片森林的黑暗精灵……从古至今……每一个闯入禁忌森林的人……都会受到黑暗精灵的惩罚……今天……就是你们接受惩罚的日子……”怪人依然以那种诡异的音调说着那些让人害怕的话，同时举起手杖，如同魔鬼一样向查理和李维伸了过来。

李维用力地将手中的石块扔向了黑衣怪人，但是怪人非常敏捷地用手杖将石块拨开了，一块也没有砸到他的要害，李维一步步向后退去，一边退一边蹲下身打算再捡更多石块，就在这时，查理伸手制止了他。

“查理，这个人来路不明，而且打算攻击我们！”李维焦急地对查理说道。

“我想，如果我没有猜错的话，这位戴着面具的先生，就

是福音镇的镇长吧！”查理非常镇定地伸手捋了一下因为行走而有些纷乱的短发，目光中充满了自信，不慌不忙地说道。

听见查理这么说，怪人的肩膀微微地抖了一抖，但是很快又恢复了镇定。他站在那里，陷入了沉默。

“镇长先生，我知道您是不会伤害我们的。如果您真的信任我们，不妨摘下面具告诉我们真相吧。”查理的声音是那么的诚恳，许久，黑衣怪人似乎是受到了触动，缓缓地伸出手，将面具拿了下来。

“果然是您！”

看到那张熟悉的面孔，查理淡淡地微笑了起来。

“查理，你是怎么知道他是镇长的？”一旁的李维百思不

得其解。

“镇长长年累月都拿着手杖，所以就算他装扮成黑衣怪人，依然也会带着手杖。而且人的习惯是很难改掉的，上次在神庙，我注意到一个细节，镇长每次拿手杖的时候小拇指都会微微翘起。刚才特地注意了一下，这位黑衣怪人也有着如出一辙的举动。所以我才大胆推测他就是镇长先生。”

“不错，查理，你的观察能力大大出乎我的预料。”黑衣怪人变回了镇长先生，说话的口吻也随之一变。只是从一个“黑衣怪人”的口中听到对查理的夸赞，李维觉得有些不可思议。

“镇长先生，其实在我发现了这片墓碑之后，本打算尽快走出禁忌森林来找您的。”查理继续说道，“不过既然您现在来了，能不能回答我一些问题呢？”

“可以。”镇长竟然破天荒地没有凶巴巴地对待查理，口气也缓和了不少。

“镇长先生，第一天晚上我们进入禁忌森林的时候，那些可怕的现象都是您派人制造的吧？”

“你怎么知道的？”

“当我在您家中见到了那台唱片机的时候，我就确定这一切都是您在背后指使的。”查理一字一顿地说道，“黑暗中恐怖的鬼哭狼嚎，整齐的脚步声，都是您利用灌录好的唱片恐吓我们的。而艾谱莉消失时候的那阵烟雾，其实是您利用烟火大会的烟火基础材料——白磷制造的假象，目的是让我们感到害怕，知难而退，放弃寻找禁忌森林的秘密。”

镇长默不作声地望着查理，目光闪烁，想要说什么却终究没有说出口。

“在进入禁忌森林之前，我们和您的儿子——善良的艾瑞克先生喝了下午茶。艾瑞克先生告诉我们，他是这个镇上唯一的魔术师，而且精通很多物理化学知识。可是，我想他虽然知道很多生活中的魔术，却完全不知道您一直以来在变的一个大魔术。”

“镇长先生，我想那些地质学家临死之前一定把所有的秘密都告诉了您，但是您宁愿让自己的儿子失去去外面广大

世界看一看的机会，也要将福音镇变成这样一个闭塞落后的小村庄……您到底有着怎样的苦衷呢？”

面对查理的追问，镇长无力地垂下了头，眼中充满了难以形容的悲伤……

“一直以来，福音镇都是一个与众不同的地方。这里民风淳朴，家家户户晚上都不用锁门，所有的路人经过这里都会受到极为热情的款待。我们将森林中的珍稀野味赠送给来来往往的人们，同时也邀请他们尝一尝我们这里的特色奶茶。”

镇长缓缓地说着，回忆起福音镇曾经的快乐时光，他的

眼睛里闪过一道奇异的光芒。

“我们的宗教信仰很特别，我们相信自然女神、自然精灵。禁忌森林——不，十年前还是叫作福音森林，是镇上每个人心中的图腾。你能想象每个出门的人都要去森林温泉中浸泡，洗涤自己的心灵，虔诚地向看不见的自然女神许下自己的心愿的那种感觉吗？”

镇长继续慢慢地说道：“但是十年前，这样的平静却被打破了。”

“是因为那些地质学家的到来吗？”查理望着镇长，轻轻地问道。

“其实……他们的到来并没有给我们带来困扰，就像我儿子告诉你们的，他们让镇子出现了前所未有的新气象。我的儿子非常向往他们有趣的世界，甚至和布朗教授说了，等他念大学的时候就要去布朗教授所在的学校进修。

“但是，不知道为什么，18 位地质学家却在一个多月之后染上了罕见的传染病。这种传染病非常厉害，为了不感染到镇上的村民，地质学家们自动走进了禁忌森林，在禁忌森林的最深处进行治疗。我小的时候，也得过同样的传染病，我是当年唯一幸存下来的人，我的身体里已经有了这种病毒的抗体。一方面为了能够照顾他们，另一方面也是希望不要影响到村民的正常生活，我便对外宣称地质学家们触怒了自然女神，受到了惩罚消失了，但是我还是每天来往于森林和小镇，为他们提供一些生活必需品。

“尽管如此，他们还是没能坚持到皇家医疗队的到来，不久他们便因为身体极度虚弱而纷纷过世。其中布朗教授是最后一个离开的。但是，他在离开之前却告诉了我一个惊人的秘密。

“布朗教授告诉我，他们在森林深处发现了珍贵的石油，所以已经通知皇家开采队，不出一个月，就会有大量的军队和工程队进驻福音镇，把这里夷为平地，并且大力开展石油开采工程。”

说到这里，镇长用力地捏紧了手中的手杖，面部表情也变得有些狰狞。

“当时，我非常非常生气！因为我们对这些地质队员那么热情，把他们当作自己的朋友，可是他们却因为所谓的利益，要出卖我们这片土地！

“我秘密召集了一批福音镇的长者，商量这件事情的解决办法。福音镇是我祖祖辈辈生活的地方，我绝不想失去我自己的家乡！最后，我们决定将计就计，既然大家都认为地质学家是触怒了自然女神而消失，我们就假戏真做。一个月之后，当军队来到这里时，就和对付你们一样，我们制造了大量不可思议的灵异现象,来证明福音镇是个神圣不可侵犯的地方！”

“所以，就连自己的儿子的梦想，也被无情地扼杀在摇篮里了。”查理十分难过地望着眼前的镇长，他已经是个风烛残年的老人了，可是他的固执，却让这片土地陷入了恶性循环。

“是的。艾瑞克当时还只是个孩子，他什么都不知道。这

个镇子上像我这样的老人已经不多了，我们达成了协议，只要我们活着，就不能让福音镇的秘密公告天下。而福音镇，就永远按照现在的模样存在下去吧！因为只有这样，才是真正的福音镇啊……”

“镇长先生，谢谢您告诉我那么多真相。但是您能否告诉我，为什么杰森也会在森林里死去呢？”

“他是个可怜的人，不知道为什么，那天他喝了很多酒跌跌撞撞地闯进了森林，结果夜里不小心从山崖上掉了下去，受了很重的伤，然后就晕死过去了。当第二天早上我进来巡逻的时候，才发现了他，那时他已经快要失去知觉了，没来得及说上几句话就去世了。”镇长抬起头望着查理，“你一直在找他，但是他的死和我们福音镇没有太大的关系，只是我为了加强禁忌森林的可怕传说，才这样对你们说的。他的死，完全是个意外。”

第十九章
DEMON MASK OF THE GOSPEL TOWN

小伙伴再度重逢

CHAPTER NINETEEN

没想到一路和杰森斗智斗勇了那么久，最后却得到了他死于意外的消息。知道了所有真相的查理，心情格外地沉重。原本来福音镇就是为了能够找回被杰森抢走的黄金宝盒，但是现在……一切好像都和自己想象的有些不一样了。

“那么镇长先生，小莉去了哪里？”很快查理又想到了一件很重要的事情，忙不迭地问道。

“哦，那个女孩子啊，我把她带到森林里的温泉小屋去了。”

“温泉小屋？”查理和李维异口同声地说道。

原来，在禁忌森林的更深处，还有一处未经开发的原始

森林。那是十年前地质学家来这里进行深入考察，发现了全新的温泉后，建造的简易小木屋。

“我原本打算明天你们离开镇上的时候，把这个女孩偷偷送到火车站和你们会合，制造自然女神将她逐出森林的异象。”镇长有些抱歉地望着查理和李维，“我从来没有想过要伤害她。事实上，从昨天晚上到现在，她一直都在温泉小屋里休息，我的人也为她准备了非常丰盛的饭菜。”

镇长说完，便带领着查理和李维继续朝着森林深处走去。他们弯弯曲曲地绕了好几道弯，就在查理快要头晕的时候，眼前豁然开朗。

一片雾气腾腾的温泉出现在他们的面前，泉水仿佛有生命一般，发出潺潺流动的声音。温泉旁边，立着一座古朴的原木色小屋，不等他们靠近，一个熟悉的女声就叽叽喳喳地传了出来。

“大叔，你知道答案是什么了吗？”

“一边玩去。小姑娘，不要再来问我了，我不知道答案！”

“这么简单的问题也回答不出来，那……这块鸡腿就归我啦！”熟悉的声音让查理和李维一阵激动，快步走上前推开门就闯进了小屋。

“什么人？”小屋中的两个中年男子应声站了起来，十分警惕地瞪着查理和李维。

“是我！”随后走进来的镇长露出威严的神情，中年男子连忙退到了一旁去。

“艾谱莉！”

“查理！李维！”

这边，艾谱莉抬起头来，看到熟悉的两张面孔，她激动地扔下了手中的一只鸡腿，像走散的孩子见到亲人一样，飞奔着扑到了两人面前。三个人也顾不上什么礼节，紧紧拥抱在一起。

“小莉！你还好吗？那天在森林里，你突然不见了，我和李维都很担心！”查理关切地问道。

“我很好。这两位大叔把我带到了这里，但是我看他们也不像坏人，所以我一点儿也不担心！就是很担心你们！查理，你们找到了杰森的下落吗？黄金宝盒有线索了吗？”

看到艾谱莉不顾自己的安危，却依然将查理的事情放在

心上，查理的心中一阵温暖。

“艾谱莉，说来话长，很多事情我们等会儿跟你说吧，看到你安然无恙真的是太好了。艾谱莉，以后不论发生什么事情，我们一定不会再走散了！”李维拍了拍艾谱莉和查理的肩膀，认真地说道。

“嗯！”三个小伙伴不约而同地相视一笑，重重地点了点头。

镇长在一旁安静地看着三个人重逢的温馨场面，心中有说不出的感动。他沧桑的眼眸中似乎也透出了几许希望的光芒，握着手杖的手下意识地用力攥紧了。

“啊！对了，查理，你们吃饭了吗？”突然，艾谱莉好像想到了什么似的，一个转身走到了两位中年男子的身边，调皮地向查理他们介绍起来，“这两位是昨天晚上开始一直照顾我生活起居的大叔！他们两位能做非常好吃的鸡腿饭呢，你看！”

说着，艾谱莉左右手一挥，变戏法一般举起了两只硕大肥美的鸡腿。

看到美味的鸡腿，加上鸡腿不断散发出来的香味，查理和李维这才意识到，今天两个人既没有吃早餐也没有吃午饭，

已经足足饿了两顿了！一时之间，两个人的肚子便此起彼伏地唱起了空城计，咕噜咕噜的声音一阵高过一阵。

“哈哈！既然你们也没有吃饭，不如让我艾谱莉请你们吃饭吧！”说完，艾谱莉又转向了那两位中年男子，笑嘻嘻地说道，“大叔，今天我们一共有 3 份鸡腿饭哦，如果你们两个再不能回答出我的问题，你们的鸡腿就归我了！”

“小姑娘，你从昨天晚上开始就给我们出各种各样的谜题，我们回答不上来，就必须要答应你一件事情，现在什么都答应你了，你还要把我们的鸡腿也吃掉……你这样做我们真的很为难！”一位中年男子愁眉苦脸地说道。

“就是啊，昨天晚上让我们猜谁是凶手，今天又要猜谁是小偷。”另外一位中年男子也十分苦恼地摇了摇头，“我真的不知道你哪来的那么多问题！”

“不行不行！昨天晚上说好的，一定要回答我的问题！不然你们就是以大欺小！”艾谱莉调皮地朝查理和李维眨了眨眼睛，不依不饶地说道。

“艾谱莉，你……你竟然和这两位大叔玩问答游戏？”总算是听明白了事情的来龙去脉，查理和李维不禁哑然失笑。想到两位大叔被艾谱莉耍得团团转的样子，查理忍不住扑哧一下笑出了声。

“艾谱莉，你不要为难这两位大叔啦，快说说你的题目是什么吧。”看到两位中年男子满脸苦恼，查理连忙为他们解围。

“我的题目其实真的很简单啊！”艾谱莉嘟囔着，不情愿地说出了自己的题目。

“艾谱莉，我服了你！”听完艾谱莉的问题，李维笑得前

艾谱莉的题目：

不久之前，罗伦市发生了一起偷盗的事件。警察经过调查，发现有两个人的嫌疑最大。并且同时有四个目击证人可以提供证词。四个证人分别是这样说的——

第一个证人非常肯定地说：“我只知道A先生未盗窃。”

第二个证人也十分确凿地说：“我只知道B先生未盗窃。”

第三个证人有些迟疑，看着第一个和第二个人，想了半天说：“前面两个证词中至少有一个是真的。”

第四个证人却一脸不屑地看着前面一个证人：“我可以肯定第三个证人的证词是假的。”

警察们通过测谎仪对四个证人的话进行了调查，但是测谎仪只能证实第四个证人说了实话，但是警察还是通过推理，将小偷找出来了。请问小偷是谁呢？

俯后仰，眼泪都快要出来了，“怪不得这两位大叔都拿你没辙！”

“好了好了，你也不要逗大叔了，他们可是镇长特意嘱咐要好好照顾你的。”查理虽然觉得好笑，但还是顾全大局地对艾谱莉解释了一下镇长的用意。

“好吧，为了感谢你们对我的照顾，我来告诉你们答案吧！”艾谱莉蹦蹦跳跳地走到了两位大叔面前，背着手模仿教师的样子，一字一句地说道，“不过你们可要仔细听好……”

“原来如此！”两位中年大叔听了艾谱莉的分析，连连点头，“小姑娘，你真厉害！”

“哈哈，谢谢你们，大叔！”艾谱莉开心地说完，将手中的两只鸡腿递还给了他们，随后拉着查理和李维的手，走出了温泉小屋。

Answer 15
解谜十五

A15 解答
ANSWER

第二十章

最后的黄金宝盒

CHAPTER TWENTY

时间过得飞快。一转眼，和镇长约定的两天就过去了，又到了告别的时刻。一大早，查理、李维和艾谱莉便按照约定，整理好了行囊。但走出森林小屋的时候，却意外地发现，镇长带着不少村民正等候在门口。

“查理，听说你们要走了，我们来送送你们。”开口说话的是艾瑞克，他的脸上满是依依不舍的表情。

“艾瑞克也有话想要和你们说，不如我们一边走一边聊吧。”镇长和蔼地看着几个少年，目光满是慈爱，和之前的凶狠不讲理判若两人。

阳光和煦，一群人沿着砖路慢悠悠地走着，走在最前面的，就是艾瑞克和查理他们。

“查理，你知道吗，不知道怎么回事，昨天我爸爸回来之后，一个人躲在书房里沉默了很久。后来，他突然来找我，对我说了一些莫名其妙的话，最后告诉我从现在开始，我可以自己选择究竟是留在福音镇还是前往外面的世界闯荡。”艾瑞克偷偷地回头瞄了一眼走在后面的镇长，悄悄地对查理说道。

“真的?！太好了。恭喜你艾瑞克。看来你爸爸是想明白了许多事情呢。”查理微笑了起来。

他想起昨天离开温泉小屋的时候，镇长说的那些话。

一直以来，我和镇上一些年长的人努力地守护着禁忌森林的秘密，就连自己的孩子也没有说过。为了让这些秘密永远没有机会大白天下，我甚至还自私地剥夺了我的孩子离开福音镇的机会。但是，自从认识了你们，经过和你们这几天的斗智斗勇，我感觉到，也许有些事情，我是做得有点儿过分了。

我依然不会告诉艾瑞克那些地质学家消失的秘密。因为这些秘密属于我们这一代人，和你们已经没有关系了。我希望你们也能够帮助我保守这个秘密，毕竟我们不想看到自己最热爱的故乡变成一处被开垦的荒凉之地。

但是，我再也不会强迫我的孩子去守护这些秘密了。因为有些守护，必须是要发自内心的才行。也许他们的未来，还有更多需要他们守护的东西。我会做一个重要的决定的。

原来，镇长口中的重要决定，就是取消对艾瑞克的禁足，从此以后，艾瑞克也有机会走出福音镇，去学习他喜爱的科学知识，去发现更多他想要知道的事情。

“查理，我已经买好了一个礼拜之后去贝尔市的火车票。听说那里有一所科学家学院，我可以在那里学到很多东西。”艾瑞克突然神秘兮兮地靠近查理和李维，凑在他们耳边说。

“而且，我告诉你们一个秘密哦！昨天，当我爸爸告诉我他的决定之后，我兴奋地跑到了福音镇最高处的那块山丘上，想要好好地大喊几声来表达内心的激动，可是，我却发现了一个非常惊人的秘密！我发现，在福音镇的一些小木屋的屋顶上，有着许多奇怪的标记，整个标记串联起来，就是一个巨大的箭头，指向禁忌森林的方向。所以我觉得，禁忌森林里，一定有着什么了不得的秘密。我打算，等完成了在外面世界的进修，我也要成为一名像玛利亚那样的地质学家，然后回到我的家乡，好好地考察一下这里的地貌。也许，我也能揭开一些关于自然女神的秘密呢。”

艾瑞克激动地说着，眼睛里闪过一道道璀璨的光芒，似乎他已经看到了自己光明的未来。

“查理……”李维轻轻拉了拉查理的衣角，欲言又止。

也许，这就是老镇长所说的，他想要守护自己喜欢的东西，而他也不能阻止他的孩子守护他们喜欢的东西。就算有时候，这些事物会有冲突，但那也只是命运的安排吧。

查理没有作声，在心中暗暗地想着。

福音镇的出口就在眼前了，查理整理了一下思绪，准备与大家告别。他凝望着出口处那两条熟悉的砖路，回想起刚来到这里的时候，自己满心的壮志，决定无论如何都要找到杰森的下落，甚至想好了如何与他斗智斗勇，抢回原本属于爸爸的黄金宝盒……

但是现在，他却要一无所获地回去了。

想到这里，他不禁有些伤感，甚至觉得在福音镇短短的几天，却仿佛经历了整整一年。

“查理。”

就在这时，一双温暖的大手拍在了他的肩膀上。

“镇长？”查理转过头去，看着镇长那双饱经沧桑的眼睛。

“小伙子，我想，无论如何，我都应该将这个东西交给你。”镇长郑重其事地从口袋中掏出一个长方形东西，递给了查理。

熟悉的金色色泽，精致又繁复的花纹，以及长方形物体中央一个老鹰头的威武造型……

“黄金宝盒！”

查理、艾谱莉和李维不约而同地失声惊叫起来！

“这个黄金宝盒，是杰森临死之前交给我的。”镇长缓缓地说道，目光是那么的平静，“临死之前，我和他见了最后一面。他是这样对我说的——”

“也许每个人的一生都会产生各种贪念，但如果执迷不悟，这些贪念最终会毁了你自己。”

“他拜托我将这个黄金宝盒好好珍藏起来，不要告诉别人，并且告诉我，不久之后，会有一个特别的男孩来到福音镇。他希望我能够在恰当的时刻，将这个黄金宝盒交给他。因为这个黄金宝盒里，有着这个男孩最想知道的秘密。”

“杰森……”

查理又是惊喜又是悲伤地紧紧抱住了黄金宝盒，思绪纷繁缭乱。他想起曾经和杰森相处的那些时光，没想到最终，杰森还是选择将他最看重的东西，交回到了自己的手中!

“那么……我们就在这里告别吧! ”

“艾瑞克，再见! 祝你以后能成为全国最好的科学家! ”

“镇长先生，拜拜了。感谢您这几天的照顾。”

“老板大叔，谢谢您的野蘑菇汤! ”

告别了福音镇的人，三个小伙伴再一次站在了十字路口。

一群群飞鸟仿佛训练有素的士兵，排成了一字形整齐地向着远方飞去，但是查理觉得，自己站在巨大的旋涡之间迷失了方向，好像是命运之神玩弄在手心里的棋子。

“查理，不要灰心！不管怎样，我们还是找回了黄金宝盒，完成了我们来福音镇的任务呢！”乐观的艾谱莉，总是在这种时候努力地活跃着气氛。

“我觉得，也许我们应该看看黄金宝盒会给我们怎样的提示，我总觉得，这个宝盒不一样，说不定，它会给我们一个全新的线索，告诉我们接下来应该去向何方。”李维沉思了一下，望着查理提议道。

“是啊！查理，从发现黄金宝盒到现在，都没有人能够打开它！”艾谱莉的目光闪闪发亮，“也许你的爸爸妈妈在黄金宝盒里留下了什么很重要的东西，就等着你来发现呢！”

小伙伴鼓励的话语，让查理再度振奋起来。

他眨了眨眼睛，点了点头，将黄金宝盒拿了起来。三个小伙伴围成了一个圈，仔细观察着黄金宝盒。

这是个非常特别的盒子。盒身由昂贵的黄金打造而成，闪烁着炫目的漂亮光芒，盒子上还镶嵌着各种形状的宝石。

“看起来这个黄金宝盒真是价值连城啊！”第一次见到黄金宝盒的李维忍不住感叹道。

“不过，你们不觉得这个宝盒很奇怪吗？”李维好像发现了什么，有些惊异地皱起了眉头。

“李维，我们之前就发现了。”查理用手轻轻地抚摸着黄金宝盒，“这个盒子没有锁，也没有可以打开的地方。”

艾谱莉接着说道：“在被杰森偷走之前，我已经研究好几天了，一点儿办法也没有。”

“我想，也许这是最初设计黄金宝盒的人故意设计的。黄金宝盒一定有着什么特别的打开方式。”查理掂了掂黄金宝盒，意味深长地说道。

“李维，你来想一想，我相信凭借我们三个人的力量，一定能打开这个黄金宝盒！”艾谱莉一下激动起来，用力地握紧了拳头。

他们三人仔细地观察着黄金宝盒，细心的查理发现，宝盒上镶嵌的宝石，似乎有着什么特殊的规律。他下意识地摸了摸最靠近自己的那颗宝石，没想到，宝石竟然向左边微微倾斜了一下。

“这个宝石居然是可以活动的。”

“没错，这颗也可以！”艾谱莉也发现了新大陆似的，指着另外一块宝石惊叫道。

“查理，艾谱莉，你们看，这几个宝石的形状，好像有些眼熟。”这时，李维也好像发现了什么，指着另外一边的一颗宝石说道。

“我想我应该知道这个黄金宝盒的秘密了！”

查理飞快地挪动着宝盒上面的宝石，就像是走迷宫一般让宝石们一会儿上上下下，一会儿左左右右地调整着位置。

宝石阵列之谜：

查理排列的阵列上，宝石的图案呈现为：

♈ ♉ ♊ ♋ ♌ ♍

♎ ♏ ⛎ ♑ ♒ ♓

你能猜出他为什么这样排列吗？

不一会儿，他就将宝石组合成了两排阵列。

“查理，你这是？”艾谱莉不解地看着查理的举动。

“嘘！”查理竖起一根手指贴在嘴边，示意艾谱莉不要出声。说时迟，那时快——

咔嗒——咔嗒嗒嗒嗒——

眼前的黄金宝盒，竟然发出了轻微的声响，像是被开启某种机关！

咔嗒嗒嗒——咔嗒嗒嗒——

转动的声音越来越响，查理托着黄金宝盒的手也不禁颤抖了起来！三个小伙伴聚精会神地盯着黄金宝盒，眼中充满了期待！

啪！

在连续的齿轮声响了一阵之后，宝盒就像是有了生命一般，自动打开了！

黄金宝盒发出耀眼的光芒，那金碧辉煌的样子一时间让三个小伙伴震撼得说不出话来，过了好久，艾谱莉才缓过神来。

“查理，宝石上奇怪的花纹那么多，你实在是太厉害了，居然一次就搞定了它！”不过她更钦佩的是查理能那么快打开黄金宝盒的能力，“可是，你能告诉我，那两排奇怪的花纹究竟是什么意思吗？”

不等查理回答，李维便微笑着对艾谱莉作了解答。

“原来如此！”艾谱莉欢欣鼓舞起来，“查理，既然黄金宝盒已经打开了，我们就赶紧看看里面有什么吧！”

“你们看！”一直在旁边仔细查看黄金宝盒的查理，突然指着宝盒内侧的方向，对两个小伙伴说道。

艾谱莉和李维凑上前去，只看到宝盒里面放着一张颜色发旧、材质特别的纸，纸上画着一些怪异的图案，似乎隐藏着什么重要的信息……

【福音镇的恶魔面具·完】

A16 解答 ANSWER

Answer 16 解谜十六

若你以为这仅仅是一部故事书，推理错误！

下集预告

藏在黄金宝盒里的一张古老航海图，将推理舞台指向臭名远扬的原始恐怖岛。

为了继承父亲的遗志，再可怕的谣言也无法动摇查理出海的决心！

登岛不久，暗中捣乱的“草裙大猩猩”便把小伙伴们抓到原始部落，不料他们不但没被烤成传说中的BBQ大餐，反而受到部落酋长款待。

查理和小伙伴们运用智慧治愈隔壁部落长老的顽疾，成功化解两个分裂部落间的纷争，一跃成为万众瞩目的神之使者！

扬帆远征食人岛，在这座臭名远扬的岛屿上，必须冒着随时可能变成喷香烤肉、无辜炮灰的巨大风险，小心前行。在这里，除了运用智慧以外，别无他法！

『恐怖的追踪者』

在胜利的欢庆声中，丛林中却隐隐惊现比恶魔更残忍的视线，邪恶的“追踪者”未曾有一刻放松过对查理的致命追击，甚至不惜用阴谋诡计掀起两大部落之间的嗜血战火！

为了找出真相，小伙伴们仍需奋战到底！

查理日記
侦探训练营
Super Detective Training Camp
谎言？
诡计？谜团？
未来的名侦探们，
请用智慧和勇气，
揭开事实的真相！
你，是推理的最后一环！
follow me
侦探训练go

【查理日记】

Super Detective Training Camp

侦探训练

未来的名侦探们！请注意，前方高能!!!

『第一课：观察力的强化课！』

W名侦探：在上一节训练课中，我出的题目，你们都成功解开了吗？在这一节课中，我们将继续加强对观察力的强化训练！千万不要小看这项技能，所谓“观察力”就是善于发现目标对象身上存在的那些典型但不显著的特征的能力。即使面对同一事物，观察力敏锐者，能比他人看得更多，理解得更深刻，更容易抓住事物的本质。曾经有著名的心理学家认为：敏锐的观察力比拥有大量的学术知识更为重要！就连达尔文也曾直截了当地说：“我既没有突出的理解力，也没有过人的机智，只是在观察的能力方面，我可能在中人之上。”

所以，你有信心继续接受下面的挑战吗？

『推理开始』

埃默里夫人是一位珠宝商人，她负责主持今年的新宝石展销会。展会一开始，埃默里夫人便感到很失望，她本以为珠宝商们知道如何穿戴，但是来参加展会的人好像都不知该如何打扮：波士顿来的罗德尼穿着一件老式的衬衫；亚特兰大来的朱莉穿着一身运动装，脚上穿着胶底跑鞋；杜塞尔多夫来的克劳斯的袜子竟然一只是绿色，另一只是蓝色的。

尽管对来宾颇为失望，但埃默里夫人还是认真地向来宾介绍着宝石。她一心想把精心准备的绿宝石卖出去，所以特意把这块绿宝石放在一些人造蓝宝石、石榴石、鸡血石中间，希望能衬托出绿宝石独有的光泽。

就在她介绍时，街上传来非常强烈的撞车声，一下把所有人的注意力都吸引过去。仅仅几秒钟，当埃默里夫人回过头来，发现桌子上所有的东西全都不见了！埃默里夫人立刻报警，探长赶到现场，查看一番后说：“街上的撞车事件一定是为了转移视线。”很快，探长在距离展销会不远的胡同里发现一个布袋，打开一看，里面是人造宝石，偏偏没了那颗绿宝石的踪影！

“看来窃贼只想要绿宝石呀！我估计一定是内行人干的！”探长说道。

听到探长这么说，埃默里夫人立即恍然大悟：“我知道窃贼是谁了！”

请问埃默里夫人是如何推断的？

答案：埃默里夫人意识到这个窃贼一定是个色盲，因为他在现场无法分辨出绿宝石，索性全部偷走，再让同伙从这堆宝石中挑走绿宝石。所以，那个穿着一只绿色袜子、一只蓝色袜子的克劳斯是色盲，也就是行窃者。

只有透过层层谎言和伪装看到真相的人，才能踏上通往激动人心的名侦探之路。

『第二课：决心之战』

W 名侦探：当面对形式多样的谜题时，你需要动用众多方面的能力，例如，观察力、常识、条理性思维和耐心……有时候，甚至还要依靠单纯的直觉和运气！

然而，请谨记一点，不论面对何种难题，关键是永不放弃——你永远也无法知道灵感何时会降临！

请怀抱着“永不放弃”的信念，解开下面这道谜题吧！

『推理开始』

艾谱莉在几个纸盒上涂鸦，她把涂好的纸盒拆开，想要难倒李维。

她问李维：“用这张纸所折出来的立方体，应该是 A~E 中的哪一个？”

读者朋友，你知道吗？

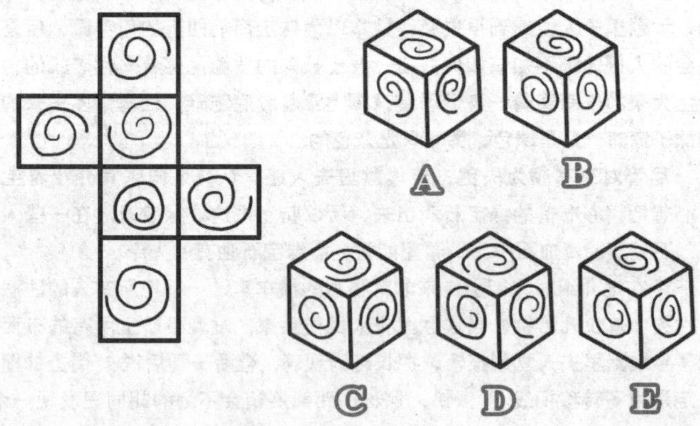

答案：A

未来的名侦探们！请注意，前方高能!!!

『第三课：会说话不如会“听话”！』

W 名侦探：啊，恭喜你进入第三关挑战，虽然走到这一步只能说明你勇气可嘉、信念坚定——或者换句话说，顽固倔强？呵呵呵，无论如何，我都希望你能在解谜的过程中得到无与伦比的乐趣！让自己沉迷在解谜的世界中，去享受魅力不可抗拒的挑战吧！

『推理开始』

艾谱莉有一个漂亮的表姐丽莎，丽莎生日宴会那天邀请了四个要好的男孩子来家里庆祝，艾谱莉参加了生日会。

在大家玩得正开心的时候，突然房间停电了。

这时有人趁机亲了丽莎的脸颊，丽莎非常气恼地吼道：“是谁占我便宜？！”她的声音刚落，房间的灯重新亮了。

第一个男孩连忙辩解：“我刚才去查看保险丝是不是烧了，不是我！”

第二个男孩也大喊冤枉：“我一直坐在这里，动也没动过！”

第三个男孩气愤难当：“到底是谁偷亲丽莎，实在太可恶了！”

第四个男孩胆怯地说：“也许是误会吧？还是算了……”

然而，艾谱莉却立刻发现了是谁偷偷亲了丽莎。

你，知道是谁吗？

艾谱莉：自从我找出真正的“犯人”后，表姐丽莎就跟那个人绝交了呢！

答案：第三个男孩。丽莎只说“谁占了我的便宜”，第三个男孩却直接说出有人偷亲丽莎的行为，说明他就是那个人。

只有透过层层谎言和伪装看到真相的人，才能踏上通往激动人心的名侦探之路。

侦探训练

Super Detective Training Camp

『第四课：渊博的知识！』

W 名侦探：现在我要借着这道谜题，讲一些日常生活中的小常识。不要对这些常识嗤之以鼻，因为你不会预料到未来在何时何地会应用到它们。请永远保持着一颗充满好奇的心吧！你的一生都会因此受益无穷……

如果你被软禁在一间密室里，密室中没有任何通信、网络、卫星及高科技工具，只有一个能正常使用的洗手池。现在，你需要怎么做才能知道自己是处于南半球还是处于北半球？

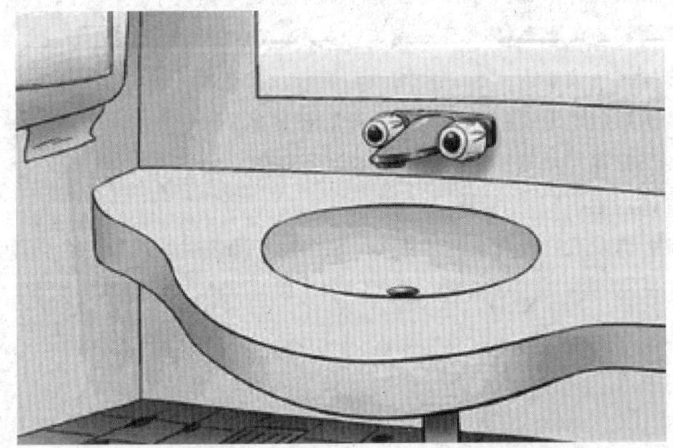

答案：你可以在洗手池里放适量的水，再将木塞拔出。若你在北半球，水流旋涡是朝逆时针方向的；而在南半球，则是顺时针旋转的。

查理日记 THE DETECTIVE DIARY

The production team

制作团队

【总策划】
郭翔
Rumbow

【执行主编】
李微
Livy

■ 文字
李微
Livy

■ 修订
李瑨 Ash
匡希 KuangXi

■ 封面
陈扶民
DKY

■ 彩色插图
苏日雅
Suriya

■ 黑白灰度
文鲁
wenlu

朱文龙
Zhveno

龚莉静
gonglij

■ 设计
陈扶民
DKY

图书在版编目(CIP)数据

福音镇的恶魔面具 / 西西弗斯著. -- 南京 : 江苏凤凰文艺出版社, 2014

(查理日记)

ISBN 978-7-5399-7755-3

Ⅰ. ①福… Ⅱ. ①西… Ⅲ. ①长篇小说-中国-当代
Ⅳ. ①I247.5

中国版本图书馆CIP数据核字(2014)第227621号

书　　名	福音镇的恶魔面具
著　　者	西西弗斯
责任编辑	郝　鹏　孙金荣
特约编辑	李　瑨　王采奕
文字校对	郭慧红　陈晓丹
封面设计	六叶草
出版发行	凤凰出版传媒股份有限公司 江苏凤凰文艺出版社
出版社地址	南京市中央路 165 号, 邮编: 210009
出版社网址	http://www.jswenyi.com
经　　销	凤凰出版传媒股份有限公司
印　　刷	河北鸿祥印刷有限公司
开　　本	880 毫米 × 1230 毫米 1/32
印　　张	6.25
字　　数	120千字
版　　次	2014年11月第1版 2014年11月第1次印刷
标准书号	ISBN 978-7-5399-7755-3
定　　价	15.00元

(江苏凤凰文艺版图书凡印刷、装订错误可随时向承印厂调换)

READER SURVEY

读者问卷调查

1.《查理日记》拍成动画片，你会去看吗？

□会去看　　□不会去看

2.《查理日记》如果开发成游戏，你希望是哪一种？

□手机游戏　□网页游戏　□益智游戏　□动作游戏

□冒险游戏　□其他

3.《查理日记》改成漫画，你会去看吗？

□会去看　　□不会去看

读者身份栏

姓名：________　性别：________

年龄：________　年级：________

地址：____________________

QQ：________　电话：________

查理日記

READER SURVEY

邮寄地址：

北京市朝阳区北四环东路108号千鹤家园乙五号楼
16层《查理日记》编辑部（收）邮编：100029

4. 你是通过什么途径知道《查理日记》的？
□网上书店 □新华书店 □街边书店 □新闻媒体

5.《查理日记》与同类图书比较，你更喜欢哪一个？
理由：

6. 你喜欢《查理日记》的故事吗？
□非常喜欢 □喜欢 □不喜欢 □非常不喜欢

7. 你最喜欢《查理日记》中的哪个人物？
□查理 □艾谱莉 □李维

8. 你喜欢《查理日记》的封面和插图吗？
□非常喜欢 □喜欢 □不喜欢 □非常不喜欢

9. 你最希望图书附赠什么样的赠品？
理由：

10. 你喜欢《查理日记》后面的“侦探训练营”吗？
□非常喜欢 □喜欢 □不喜欢 □非常不喜欢

11. 你在哪儿买到的《查理日记》？
□网上书店 □新华书店 □街边书店

查理日記

LIBRARY CARD

图书借阅卡

嗨！

那些一起走过的日子，

和我交换故事书的朋友们，

请留下你们的签名！

因为，

这将是我最美好的回忆！

follow me

查理日記
LIBRARY CARD
活动规则 签名吧!
请借你图书的同学们在下面签上他们的名字!
当凑齐12位，将这些签名拍成照片，粘贴到《查理日记》的百度贴吧，参与活动，即可获得精美礼品一份！赶快行动吧！
图书借阅卡
序号
姓名
借书日期
还书日期
评价